Cómo Se Filosofa a Martillazos

Por

Friedrich Nietzsche

PREFACIO

Conservar en los problemas sombríos y de abrumadora responsabilidad la alegría serena, es cosa harto difícil, y, sin embargo, ¿hay algo más necesario que la alegría serena? Nada sale bien si no participa en ello la alegre travesura. Soló el exceso de fuerza es la prueba de fuerza. Una transmutación de todos los valores, interrogante negro y tremendo que proyecta sombras sobre quien lo plantea, obliga a cada instante a buscar el sol y sacudir una seriedad pesada, una seriedad que se ha vuelto demasiado pesada. Para este fin, bienvenidos sean todos los medios; cada caso es un caso de buena suerte. Sobre todo, la guerra. La guerra siempre ha sido la grande cordura de todos los espíritus que se han vuelto demasiado íntimos y profundos; hasta en la herida hay virtud curativa. Desde hace tiempo la siguiente máxima, cuyo origen escamoteo a la curiosidad erudita, ha sido mi divisa:

increscunt animi, virescit volnere virtus.

Otro solaz, que bajo ciertas circunstancias me es aún más grato, consiste en tantear ídolos... Existen en el mundo más ídolos que realidades; tal es mi "mal de ojo" respecto a este mundo, como también mi "mal de oído"... Interrogar con el martillo y oír acaso comaorespuesta ese famoso sanida hueco que dice de intestinos aquejados de flatosidad, ¡qué deleite supone para uno que tiene oídos aún detrás de los oídos!; para mí, avezado sicólogo y seductor ante el que precisamente lo que quisiera permanecer calladito tiene que hacerse oír...

También este escritocomo lo revela el títuloes ante todo solaz, rincón soleado, escapada a la sociedad, de un sicólogo. ¿Acaso también una nueva guerra? ¿Se tantean nuevos ídolos?... Este pequeño escrito es una gran declaración de guerra; y en cuanto al tanteo de ídolos, esta vez no son ídolos de la época, sino ídolos eternos los que aquí se tocan con el martillo como con el diapasón; no existen ídolos más antiguos, más convencidos, más inflados... ni más huecos... Lo cual no impide que sean los más creídos. Por otra parte, sobre lodo en el caso más distinguido, no se los designa en absoluto con el nombre de ídolo...

Turín, 30 de septiembre de 1888,

día en que quedó concluido el libro

primero de la Transmutación de todos los valores.

FRIEDRICH NIETZSCHE

1

La ociosidad es la madre de toda sicología. ¿Cómo?; ¿será la sicología un vicio?

2

Ni el más valiente de nosotros tiene rara vez la valentía de admitir lo que en definitiva sabe...

3

Dice Aristóteles que para vivir en soledad hay que ser animal o dios. Falta aclarar que hay que ser lo uno y lo otro: filósofo.

4

"Toda verdad es siemple :" ¿No será esto una doble mentira?

5

Son muchas las cosas que no quiero saber. La sabiduría fija límites también al conocimiento.

6

En su naturaleza salvaje es donde uno se repone más eficazmente de su antinaturalidad, su espiritualidad...

7

¿Es posible que el hombre sea tan sólo un yerro de Dios? ¿O Dios tan sólo un yerro del hombre?

8

De la escuela de guerra de la vida. Lo que no me aniquila me vuelve más fuerte.

9

Ayúdate a ti mismo, y te ayudará todo el mundo. Principio del amor al prójimo.

10

¡No se debe ser cobarde ante los propios actos!; ¡no se los debe desestimar a posteriori! El remordimiento es indecente.

11

¿Puede darse un burro trágico? ¿Puede admitirse el caso de alguien que sucumbe bajo una carga que no puede llevar ni arrojar?... He aquí el caso del filósofo.

12

Quien tiene su ¿por qué? de la vida se las arregla poco más o menos con cualquier ¿cómo? El hombre no aspira a la felicidad; a no ser los ingleses.

13

El hombre ha creado a la mujer. ¿Con qué? ¡Con una costilla de su Dios; de su "ideal"!

14

¿Qué estás buscando? ¿Quisieras decuplicarte, centuplicarte? ¿Andas buscando adeptos? ¡Pues busca ceros!

15

Los hombres póstumos como yo, son entendidos peor que los actuales, pero atendidos mejor. Más estrictamente: no se nos entiende jamás; de ahí nuestra autoridad...

16

Entre mujeres. "¿La verdad? ¡Oh, usted no la conoce! ¿No es un atentado contra todos nuestros pudores?"

17

He aquí un artista como me gustan los artistas, de necesidades modestas; en el fondo, sólo quiere dos cosas: su sustento y su arte, panem et circenses...

18

Quien no sabe introducir su voluntad en las cosas introduce en ellas, al menos, un sentido: creyendo que hay en ellas una voluntad (principio de la "fe").

19

¿Cómo es posible que habiendo optado por la virtud y el sentimiento sublime envidiéis las ventajas de los inescrupulosos? Quien opta por la virtud renuncia a las "ventajas"... (Tomen buena nota de ello los antisemitas.)

20

La mujer cabal hace literatura como quien comete un desliz: a título de ensayo, de paso, mirando en torno por si la ve alguien y para que alguien la vea...

21

Hay que ir a la busca de situaciones donde no sea permitido tener virtudes ficticias, en las que uno, como el bailarín en la cuerda, se precipite o se sostenga; o se salve...

22

"Los hombres malos no tienen canciones". ¿Cómo es que los rusos tienen canciones?

23

"Espíritu alemán": desde hace dieciocho años una contradictio in adjecto.

24

Buscando los principios, uno se convierte en un cangrejo. El historiador, de tanto mirar hacia atrás, termina por creer también hacia atrás.

25

El contento protege hasta contra el catarro. ¿Se ha acatarrado jamás mujer que se considerase bien vestida? Ni aun suponiendo que fuera precariamente vestida.

26

Desconfío de todos los sistemáticos, e incluso los evito. La voluntad de sistema es una falta de probidad.

27

¿Por qué pasa la mujer por profunda? Porque en ella nunca se llega a tocar fondo. La mujer no es ni siquiera de poco fondo.

28

La mujer que posee virtudes viriles es para escaparse; la que no las posee, se escapa ella misma.

29

"¡Hay que ver las cosas que antes tenía que morder la conciencia! ¡ Qué buena dentadura tenía! ¿Y hoy día?; ¿qué es lo que falta ahora?" (Pregunta de un dentista.)

30

Rara vez se incurre en una sola precipitación. Quien se precipita siempre se precipita demasiado. De ahí que en general se incurra en una segunda; y entonces, se precipita demasiado poco...

31

El gusano pisado se retuerce y dobla. Cosa que le conviene, pues reduce la probabilidad de ser pisado otra vez. Dicho en el lenguaje de la moral: humildad.

32

Hay un odio a la mentira y a la hipocresía por puntillosidad; hay idéntico odio por cobardía, en tanto que la mentira está prohibida por precepto divino. Demasiado cobarde como para mentir...

33

¡Cuán poco se requiere para ser feliz! El sonido de una gaita. Sin música, la vida sería un error. El alemán se imagina incluso a Dios cantando canciones.

34

On ne peut penser et écrire qu'assis (Flaubert). ¡Ah, nihilista! El trasero es precisamente el pecado contra el espíritu santo. Sólo tienen valor los pensamientos pensados en camino.

35

Hay momentos en que los sicólogos parecemos caballos espantados: cuando vemos fluctuar ante nosotros nuestra propia sombra. El sicólogo, para ver, debe apartar la vista de sí mismo.

36

Los inmoralistas, ¿hacemos algún daño a la virtud? Creo que no, del mismo modo que los anarquistas no hacen daño a los príncipes. Solamente desde que se dispara contra ellos, se sienten más firmemente instalados en sus tronos. Moraleja: hay que disparar contra la moral.

37

¿Corres delante? ¿Lo haces como guía, como excepción? También podría tratarse de un escapado... Primera cuestión de conciencia.

38

¿Eres auténtico, o tan sólo un comediante? ¿Eres un representante, o algo representado? Acaso no eres, en definitiva, más que un comediante imitado... Segunda cuestión de conciencia.

39

Habla el desengañado.Busqué grandes hombres, pero siempre encontré, únicamente, lacayos de su ideal.

40

¿Perteneces a los que miran hacer a los otros? ¿Eres uno que coopera? ¿O eres uno que aparta la mirada, apartándose?... Tercera cuestión de conciencia.

41

¿Quieres acompañar? ¿Marchar adelante? ¿O apartarte?... Hay que saber lo que se quiere y qué se quiere. Cuarta cuestión de conciencia.

42

Esos escalones eran para mí; los he subido. Para hacerlo tuve que pasar por ellos. Pero muchos creyeron que yo iba a sentarme en los mismos a descansar...

43

¡ Qué importa que yo tenga razón 1 Tengo sobrada razón. Y quien ríe más, es el que ríe el último.

44

La fórmula de mi felicidad: un sí, un no, una recta, una meta...

EL PROBLEMA DE SÓCRATES

1

En todos los tiempos, los más sabios han coincidido en este juicio acerca de la vida: no vale nada. Una y otra vez se les ha oído el mismo acento: un acento de duda, de melancolía, de cansancio de la vida, de resistencia a ella. Hasta Sócrates dijo al morir: "La vida es una larga enfermedad; debo un gallo al salvador Asclepio". Hasta Sócrates estaba harto de vivir.

¿Qué prueba esto? ¿Qué sugiere esto? En tiempos pasados se hubiera dicho (¡y se lo ha dicho, y en voz muy alta, entre nuestros pesimistas señaladamente!) "¡debe haber en esto alguna verdad! El consensus sapientium prueba la verdad".

¿Hablamos hoy todavía así? ¿Nos es permitido hablar todavía así? Nosotros respondemos: "debe haber en esto alguna enfermedad"; ¡a esos sabios de todos los tiempos se los debiera ante todo mirar de cerca! ¿Serían todos ellos un tanto maduritos?, ¿tardíos?, ¿ajados?, ¿décadents? ¿Presentaríase la sabiduría sobre la tierra bajo forma de cuervo entusiasmado con un tufillo de carroña?...

2

Esta noción irreverente de que los grandes sabios son tipos de la decadencia, se me ocurrió precisamente en el caso en que más violentamente choca con el prejuicio erudito y profano: Sócrates y Platón se me revelaron como síntomas de decadencia, como instrumentos de la desintegración griega, como pseudogriegos, antigriegos (El origen de la tragedia, 1872). Comprendí cada vez más claramente que ese consensus sapientium lo que menos prueba es que estaban en lo cierto con aquello en que coincidían; que prueba, eso sí, que tales sabios debían coincidir en algo fisiológicamente, para adoptar así, por fuerza, una idéntica actitud negativa ante la vida. En último análisis, los juicios, de valor sobre la vida, en pro o en contra, jamás pudieron ser ciertos; sólo tienen valor como síntomas, sólo entran en consideración como síntomas. Tales juicios son en sí estúpidos. Es absolutamente preciso hacer una tentativa de aprehender esta asombrosa finesse de que el valor de la vida no puede ser apreciado. Ni por los vivos, toda vez que son parte, y aun objeto de litigio, y no jueces; ni por los muertos, por una razón diferente. El que un filósofo vea el valor de la vida como problema, se convierte en una objección contra él, en un interrogante a su sabiduría, en una falta de sabiduría. ¿Cómo? Todos esos grandes sabios ¿no solamente han sido décadents, sino que ni siquiera han sido sabios? Mas vuelvo al problema de Sócrates.

3

Sócrates, por su origen, pertenece al más bajo pueblo: Sócrates fue un plebeyo. Se sabe, puede observarse, cuán feo fue. Mas la fealdad, de suyo una objeción, entre los griegos es poco menos que una refutación. ¿Fue Sócrates de veras un griego? La fealdad es con harta frecuencia la expresión de una evolución trabada, inhibida por cruce de razas. O si no, aparece como evolución descendente. Los criminalistas antropólogos nos dicen que el delincuente típico es feo monstrum in fronte, monstrum in animo. Mas el delincuente es un décadent. ¿Sería Sócrates un delincuente típico? Ciertamente no desmentiría esta hipótesis ese famoso dictamen de un fisónomo que tanto escandalizó a los amigos de Sócrates. Un forastero entendido en fisonomías, de paso en Atenas, le dijo en la cara a Sócrates que era un monstrum, que llevaba en sí todos los malos vicios y apetitos. Y Sócrates se limitó a contestar: "¡Usted me conoce, señor!"

4

Que Sócrates fue un décadent lo sugiere no sólo el admitido desenfreno y anarquía de sus instintos, sino también la superfetación de lo lógico y esa malicia de raquítico que lo caracteriza. No pasemos por alto tampoco esas alucinaciones auditivas que como "demonios de Sócrates" han sido interpretadas en un sentido religioso. Todo en él es exageración, buffo, caricatura; todo en él es al mismo tiempo oculto, solapado, furtivo. Trato de comprender la idiosincrasia de la que deriva esa ecuación socrática: razón igual a virtud igual a felicidad; es la ecuación más bizarra que pueda darse y que en particular está reñida con todos los instintos de los primitivos helenos.

5

Con Sócrates, el gusto griego experimenta un vuelco en favor de la dialéctica; ¿qué significa esto, en definitiva? Significa, sobre todo, la derrota de un gusto aristocrático; con la dialéctica triunfa la plebe. Antes de Sócrates, la buena sociedad repudiaba las maneras dialécticas; éstas eran tenidas por malos modales y comprometían. Se prevenía contra ellas a la juventud. También se desconfiaba respecto a la forma de argumentar. Las cosas decentes, como las personas decentes, no llevan sus razones de esta manera en la mano. No es decoroso mostrar los cinco dedos. Lo que necesita ser probado, poco vale. Donde la autoridad forma todavía parte de las buenas costumbres y no se argumenta, sino se ordena, el dialéctico es una especie de payaso; la gente se ríe de él, no lo toma en serio. Sócrates fue el payaso que se hizo tomar en serio. ¿Qué significa esto, en definitiva?

6

Sólo opta por la dialéctica quien no dispone de otro recurso. Sábese que ella despierta suspicacia; que tiene escaso poder de convicción. Nada hay tan fácil de borrar como el efecto de un dialéctico, según lo prueba la experiencia de cualquier reunión donde se habla. La dialéctica no puede ser más que un recurso de emergencia, en manos de personas que ya no poseen otras armas. Sólo quien tiene que imponer su derecho hace uso de ella. De ahí que los judíos fueran dialécticos, y lo fue el zorro de la fábula. Entonces, ¿lo sería también Sócrates?

7

¿Sería la ironía de Sócrates una expresión de rebeldía, de resentimiento plebeyo? ¿Goza él acaso, como oprimido, con la ferocidad propia de las cuchilladas del silogismo? ¿Se venga de las clases aristocráticas que fascina? Como dialéctico, uno maneja un instrumento implacable; con él puede dárselas de tirano; triunfando compromete. El dialéctico lleva a su contrincante a una situación donde le corresponde probar que no es un idiota; enfurece y reduce a la impotencia a un tiempo. Despotencia el dialéctico intelectualmente a su contrincante. ¿Será entonces la dialéctica de Sócrates una forma de la venganza?

8

Dado a entender cómo Sócrates provocaba repulsión, es necesario explicar cómo fascinaba. Una de las causas de su atracción fue el hecho de descubrir una modalidad nueva de agon, convirtiéndose en el primer maestro de esgrima de los círculos aristocráticos de Atenas. Fascinaba porque apelaba al impulso agonal de los helenos, introduciendo una variante en la lucha entre jóvenes y adolescentes. Fue Sócrates también un gran erótico.

9

Mas Sócrates adivinó aún más. Penetró hasta los trasfondos de sus atenienses aristocráticos y comprendió que su propio caso, su personal caso, ya no era un caso excepcional. En todas partes se iniciaba la misma forma de degeneración; declinaba la antigua Atenas. Y Sócrates se percató de que todo el mundo tenía necesidad de él; de su medio, su cura, su truco personal de la conservación... Por doquier estaban en anarquía los instintos; por doquier se estaba a dos pasos del exceso; el monstrum in anima era el peligro general. "Los instintos quieren dárselas de tirano; hay que inventar un contratirano que sea más fuerte que ellos..." Cuando aquel fisónotno reveló a Sócrates que era un foco de todos los malos apetitos, el gran ironista pronunció palabras que proporcionan la clave de su ser. "Es cierto—dijo; pero logro dominarlos todos." ¿Cómo logró Sócrates el dominio de sí mismo? Era el suyo, en definitiva, tan sólo el caso extremo, más patente, de lo que por entonces empezaba a ser el apremio general: que nadie lograba ya dominarse y los instintos se volvían unos contra otros. Fascinaba por su calidad de caso extremo; su fealdad aterradora atraía todas las miradas; fascinaba, como es natural, en mayor grado aún como respuesta, solución, cura aparente de este caso.

10

Si se está en la necesidad de hacer de la razón un tirano, como ocurrió en el caso de Sócrates, existe, por supuesto, un grave peligro de que otra cosa quiera ser tirana. En aquel entonces se adivinaba la racionalidad como salvadora; ni Sócrates ni sus "enfermos" estaban en libertad de ser o no racionales; la racionalidad era para ellos su último recurso. El fanatismo con que a la sazón todo el pensamiento griego se abalanzaba sobre ella revelaba un apremio; se estaba en peligro, colocado ante la alternativa de sucumbir o ser absurdamente racional... El moralismo de los filósofos griegos a partir de Platón está patológicamente determinado, lo mismo que su culto de la dialéctica. Razón igual a virtud igual a felicidad quiere decir simplemente hay que imitar el ejemplo de Sócrates y establecer frente a los apetitos tenebrosos una claridad permanente la claridad de la razón. Hay que ser cuerdo, claro, lúcido a toda costa; toda transigencia con los instintos, con lo inconsciente, hunde...

11

He dado a entender por qué fascinaba Sócrates: parecía un médico, un salvador. ¿Es necesario señalar el error de su fe en la "racionalidad a toda costa"? Los filósofos y moralistas se engañaban a sí mismos al creer que así se emancipan de la décadence y la combaten. No está en su poder emanciparse de ella; lo que eligen como recurso, como medida salvadora, sólo es, a su vez, una expresión de la décadence; modifican la expresión de la misma, pero no la eliminan. Sócrates fue un malentendido; toda la moral correctiva, la cristiana inclusive, ha sido un malentendido. La claridad más extrema, la racionalidad a ultranza, la vida clara, fría, cautelosa, consciente, carente de instinto, en oposición a los instintos, era a su vez una enfermedad, una diferente, en modo alguno un retorno a la "virtud", a la "salud", a la felicidad... Estar en la necesidad de combatir los instintos: he aquí la fórmula de la décadence; mientras ascienda la vida, la felicidad se identifica con el instinto.

¿Comprendería esto él mismo, el más listo de todos los que han practicado jamás el engaño de sí mismo? ¿Se lo confesaría, por último, en la sabiduría del valor con que enfrentó la muerte?... Sócrates quería morir: no fue Atenas, sino él mismo quien se condenó a beber la cicuta; obligó a Atenas a condenarlo a bebérsela... "Sócrates no es un médicomurmuró para sus adentros; únicamente la muerte es un médico... Sócrates mismo sólo ha estado enfermo durante largo tiempo..."

LA "RAZÓN" DE LA FILOSOMA

1

¿Me preguntan ustedes cuáles son los distintos rasgos que caracterizan a los filósofos...? Por ejemplo, su falta de sentido histórico, su odio a la misma noción del devenir, su mentalidad egipcíaca. Creen honrar una cosa si la desprenden de sus conexiones históricas, sub specie aeterni; si la dejan hecha una momia. Todo cuanto los filósofos han venido manipulando desde hace milenios eran momias conceptuales; ninguna realidad salía viva de sus manos. Matan y disecan esos idólatras de los conceptos cuanto adoran; constituyen un peligro mortal para todo lo adorado. La muerte, la mudanza y la vejez, no menos que la reproducción y el crecimiento, son para ellos objeciones y aun refutaciones. Lo que es, no deviene; lo que deviene, no es... Pues bien, todos ellos creen, incluso con desesperación, en el Ser. Mas como no lo aprehenden, buscan razones que expliquen por qué les es escamoteado. "El que no percibamos el Ser debe obedecer a una ficción, a un engaño; ¿dónde está el engañador?" "¡Ya hemos dado con él!', exclaman contentos. "¡Es la sensualidad! Los sentidos, que también, por lo demás, son tan inmorales, nos engañan sobre el mundo verdadero. Moraleja: hay que emanciparse del engaño de los sentidos, del devenir, de la historia, de la mentira; la historia no es más que fe en los sentidos, en la mentira. Moraleja: hay que decir no a todo cuanto da crédito a los sentidos, a toda la restante humanidad; todo esto es "vulgo". ¡Hay que ser filósofo, momia; representar el monoteísmo con una mímica de sepulturero! ¡Y repudiar, sobre todo, el cuerpo, esa deplorable idea fija de los sentidos! ¡Plagado de todas las faltas de la lógica, refutado; más aún: imposible, aunque tenga la osadía de pretender ser una cosa real! ...”

2

Exceptúo con profunda veneración el nombre de Heráclito. En tanto que los demás filósofos rechazaban el testimonio de los sentidos porque éstos mostraban multiplicidad y mudanza, él rechazó su testimonio porque mostraban las cosas dotadas de los atributos de la duración y la unidad. También Heráclito fue injusto con los sentidos. Éstos no mienten, ni como creyeron los eleáticos ni como creyó él; no mienten, sencillamente. Lo que hacemos de su testimonio es obra de la mentira, por ejemplo la de la unidad, la de la objetividad, la de la sustancia, la de la duración... La “razón” es la causa de que falseemos el testimonio de los sentidos. Éstos, en tanto que muestran el nacer y perecer, la mudanza, no mienten... Mas Heráclito siempre tendrá razón con su aserto de que el Ser es una vana ficción. El mundo “aparencial” es el único que existe; el “mundo verdadero”, es pura invención...

3

¡Y qué finos instrumentos de observación son nuestros sentidos! El olfato, por ejemplo, del que ningún filósofo ha hablado con veneración y gratitud, es hoy por hoy el instrumento más sensible de que disponemos, siendo capaz de captar incluso diferencias mínimas de movimiento que ni aun el espectroscopio registra. Poseemos hoy ciencia exactamente en la medida en que nos hemos decidido a aceptar el testimonio de los sentidos; en que hemos aprendido a aguzarlos aún más, armarlos, llevarlos a sus últimas consecuencias. Todo lo demás es chapucería y seudociencia, quiere decir, metafísica, teología, sicología, teoría del conocimiento, o bien ciencia formal, ciencia de los signos, como la lógica y las matemáticas, esa lógica aplicada. Ellas no tratan de la realidad, ni siquiera como problema; tampoco de la cuestión del valor, de tal convencionalismo de signos, como es la lógica.

4

La otra condición de los filósofos no es menos peligrosa; consiste en confundir lo último con lo primero. Sitúan lo que se presenta al final, ¡desgraciadamente, pues no debiera presentarse!, los “conceptos más elevados”, esto es, los más generales, los más vacíos, el último humo de la realidad que se evapora, en el comienzo, como comienzo. Se expresa una vez más su manera de venerar: según ellos, lo elevado no debe desprenderse de lo bajo, no debe desarrollarse, en fin... Moraleja: todo cuanto es de primer orden ha de ser causa sui. El origen extrínseco se considera una objeción, algo que pone en tela de juicio el valor. Todos los más altos valores son de primer orden; todos los conceptos más elevados, el Ser, el absoluto, el bien, lo verdadero, lo perfecto; todo esto no puede ser algo posible y, por ende, debe ser causa sui. Mas todo esto tampoco puede ser desigual entre sí, estar en contradicción consigo mismo... Así llegan a su estupendo concepto "Dios"... Lo último, lo más abstracto y huero es establecido como lo primero, como causa en sí, como ens realissimum,... ¡Por qué la humanidad habrá tomado tan en serio las afecciones cerebrales de sutiles enfermos! ¡Bien caro lo pagó! ...

5

Puntualicemos al fin la manera opuesta en que nosotros (digo "nosotros" por cortesía...) enfocamos el problema del error y de la apariencia. Antes se tenían la mudanza, el cambio, el devenir, en fin, por una prueba de la apariencia, por un indicio de que existe algo que nos engaña. Hoy día, a la inversa, exactamente en la medida en que el prejuicio de la razón nos obliga a suponer unidad, identidad, duración, sustancia, causa, objetividad y Ser, nos vemos enredados, en cierto modo, en el error, condenados a incurrir en error; por más que en virtud de una recapacitación profunda estemos seguros de que aquí reside, en efecto, el error. Ocurre con esto lo que con los movimientos del gran astro: respecto a éstos el error está respaldado continuamente por nuestra vista; en el caso que nos ocupa, por nuestro lenguaje. La génesis del lenguaje cae en los tiempos de la forma más rudimentaria de la sicología; la dilucidación de las premisas básicas de la metafísica del lenguaje, esto es, de la razón, nos revela un tosco fetichismo. Se reduce todo el acaecer a agentes y actos; se cree en la voluntad como causa, en el "yo", en el yo como Ser, en el yo como sustancia, y se proyecta la creencia en el yosustancia sobre todas las cosas, creando en virtud de esta proyección el concepto "cosa"... El Ser es pensado, inventado, introducido siempre como causa; del concepto "yo" se sigue como concepto derivado el del "Ser"... En el principio es la grande fatalidad de error según el cual la voluntad es una instancia eficiente, una facultad... Hoy sabemos que es una mera palabra... Mucho más tarde, en un mundo mil veces más esclarecido, los filósofos tuvieron con sorpresa conciencia de la seguridad, la certeza subjetiva en el manejo de las categorías de la razón y dedujeron que éstas no podían derivar de la empiria, puesto que la empiria las desmentía. ¿Dónde ha de buscarse, pues, su origen? Y tanto en la India como en Grecia se llegó a la misma conclusión errónea: "Debemos haber vivido alguna vez en otro mundo superior (¡en vez de en otro muy inferior, como hubiera sido más justo!); ¡debemos haber sido divinos, puesto que tenemos la razón!..." En efecto, nada ha tenido un poder de convicción tan ingenuo como la noción errónea del Ser, tal como la han formulado los eleáticos; ¡como que parece corroborarla cada palabra, cada frase que pronunciamos! Incluso los adversarios de los eleáticos sucumbían a la seducción de su concepto del Ser. Ése fue el caso de Demócrito al inventar su átomo... La "razón" en el lenguaje: ¡oh, qué mujer tan vieja y engañosa! Temo que no nos libremos de Dios, por creer todavía en la gramática...

Se me agradecerá el resumir tan esencial, tan nueva concepción, en cuatro tesis, que servirán para facilitar la comprensión y provocar la objeción.

Primera tesis. Los argumentos en base a los cuales se ha calificado "este" mundo de aparencial, fundamentan, por el contrario, la realidad del mismo; es de todo punto imposible demostrar otro tipo de realidad.

Segunda tesis. Las características que se han asignado al "verdadero Ser" de las cosas son las características del No Ser, de la nada; se ha construido el "mundo verdadero" en contraposición al mundo real, y es en realidad un mundo aparencial, en tanto que mera ilusión óptica moral.

Tercera tesis. Hablar de "otro" mundo distinto de éste no tiene sentido, a menos que opere en nosotros un instinto de detracción, rebajamiento y acusación de la vida; en este último caso, nos vengamos de la vida por la fantasmagoría de "otra", "mejor" vida.

Cuarta tesis. Separa el mundo en uno "verdadero" y otro "aparencial", ya al modo del cristianismo o al modo de Kant (quien fue, en definitiva, un cristiano pérfido), no es sino una sugestión de la décadence; un síntoma de vida descendente... El que el artista ponga la apariencia por encima de la realidad no es una objeción contra esta tesis. Pues en este caso "la apariencia" significa la realidad otra vez, sólo que a través de selección, exaltación y corrección... El artista trágico no es un pesimista; precisamente dice sí a todo lo problemático y pavoroso: es dionisiaco...

CÓMO EL "MUNDO VERDADERO" SE CONVIRTIÓ EN UNA FÁBULA

Historia de un error

1. El mundo verdadero está al alcance del sabio, del piadoso, del virtuoso, los cuales viven en él, se identifican con él.

(Forma más antigua de la idea, relativamente cuerda, simple, convincente. Paráfrasis de la proposición "yo, Platón, soy la verdad".)

2. El mundo verdadero es por lo pronto inaccesible, pero está reservado al sabio, al piadoso, al virtuoso ("al pecador arrepentido").

(Progreso de la idea; ésta se torna más sutil, más problemática e inasible, se convierte en mujer, se vuelve cristiana...)

3. El mundo verdadero no es accesible ni demostrable; no puede ser prometido; pero al ser concebido es un consuelo, una obligación, un

imperativo.

(En el fondo, el antiguo sol, pero visto a través de niebla y escepticismo; la idea se ha vuelto sublime, pálida, nórdica, kantiana.)

4. El mundo verdadero, ¿es inaccesible? En todo caso no está logrado. Y, por ende, es desconocido. En consecuencia, tampoco conforta, redime ni obliga, pues ¿a qué podría obligarnos algo que nos es desconocido?...

(Alba. Primer bostezo de la razón. Canto del gallo del positivismo.)

5. El "mundo verdadero" es una idea que ya no sirve para nada, que ya no obliga siquiera; una idea inútil y superflua, luego refutada. ¡Suprimámosla!

(Mañana; desayuno; retorno del bons sens y de la alegría; bochorno de Platón; batahola de todos los espíritus libres.)

6. Hemos suprimido el mundo verdadero; ¿qué mundo ha quedado?, ¿acaso el aparencial? ... ¡En absoluto! ¡Al suprimir el mundo verdadero, hemos suprimido también el aparencial!

(Mediodía; instante de la sombra más corta; fin del error más largo; momento culminante de la humanidad; INCIPIT ZARATUSTRA.)

LA MORAL COMO ANTINATURALIDAD

1

Todas las pasiones atraviesan una etapa en que son pura fatalidad, abismando a su víctima por el peso de la insensatez, y por otra, muy posterior, en que se desposan con el espíritu, se "espiritualizan". En tiempos pasados, a causa de la insensatez inherente a la pasión, se hizo la guerra a la misma trabajando por su destrucción; todos los antiguos monstruos de la moral coincidían en exigir: "hay que acabar con, las pasiones". La fórmula más célebre al respecto está en el Nuevo Testamento, en ese Sermón de la Montaña, donde, dicho sea de paso, nada se contempla desde lo alto. Allí se dice, por ejemplo, con respecto a la sexualidad: "Si te fastidia tu ojo, sácalo." Por fortuna, ningún cristiano cumple tal precepto. Destruir las pasiones y los apetitos nada más que para prevenir su insensatez y las consecuencias desagradables de su insensatez se nos antoja hoy, a su vez, una mera forma aguda de la insensatez. Ya no admiramos a los dentistas, que extraen los dientes para que no duelan más... Ahora bien, admitamos en honor a la verdad que en el clima en que nació el cristianismo ni podía concebirse el concepto "espiritualización de la pasión". Sabido es que la Iglesia primitiva luchó contra los "inteligentes" en favor de los pobres de espíritu; ¿cómo iba a librar a la pasión una guerra inteligente? Combate la Iglesia la pasión apelando a la extirpación de todo sentido; su práctica, su "cura", es la castración. Jamás pregunta: "¿Cómo se hace para espiritualizar, embellecer, divinizar un apetito?" En todos los tiempos ha hecho recaer el acento de la disciplina recomendando la exterminación de la sensualidad, el orgullo, el afán de dominar, la codicia y la sed de venganza. Mas atacar por la base las pasiones significa atacar por la base la vida misma; la práctica de la Iglesia es antivital...

2

Al mismo recurso, el de la castración, exterminación, apelan instintivamente, en la lucha contra tal apetito, aquellos que son demasiado débiles de voluntad, demasiado degenerados para refrenarlo; aquellos que alegóricamente (y no alegóricamente) necesitan hablar de la Trappe, alguna categórica declaración de guerra, un divorcio establecido entre ellos y tal pasión. Sólo los degenerados tienen necesidad de remedios radicales: la debilidad de la voluntad, más exactamente, la incapacidad para no responder a un estímulo, no es sino una forma distinta de la degeneración. La enemistad radical, mortal hacia la sensualidad, es un síntoma que da mucho que pensar; permite sacar conclusiones respecto al estado total de la persona que llega a tal extremo. Por lo demás, esa enemistad, ese odio, sólo se exacerba a tal punto si tales personas ni siquiera., tienen ya energías suficientes para efectuar la cura radical, expulsar su "demonio". Pasando revista a toda la historia de los sacerdotes y filósofos, aparte la de los artistas, se comprueba que las diatribas más violentas contra los sentidos parten no de los impotentes, ni tampoco de los ascetas, sino de los ascetas fallidos, de aquellos que debieron ser ascetas...

3

La espiritualización de la sensualidad se llama amor; éste es un gran triunfo sobre el cristianismo. Otro triunfo es nuestra espiritualización de la enemistad, la cual consiste en que se comprende el valor de tener enemigos; en una palabra, en que se procede y concluye al revés de como se procedió y concluyó antes. La Iglesia se ha propuesto en todos los tiempos la aniquilación de sus enemigos; nosotros, los inmoralistas y anticristianos, consideramos ventajoso que subsista la Iglesia... También en el orden político se ha espiritualizado la enemistad; es ella ahora mucho más cuerda, reflexiva, considerada. Casi todas las facciones suponen que el debilitamiento del respectivo bando adversario sería contrario a sus propios intereses. Ocurre lo mismo con la gran política. Sobre todo, una nueva creación, por ejemplo, el nuevo Reich, tiene más necesidad de enemigos que de amigos; sólo en el contraste se siente necesaria, llega a ser necesaria... Adoptamos idéntica actitud ante el "enemigo interno"; también en este terreno hemos espiritualizado la enemistad, comprendido su valor. Sólo se es fecundo si se logra ser pródigo en contrastes; sólo se conserva la juventud si el alma no se relaja y pide la paz... Nada nos resulta tan distante como esa aspiración de antaño, la "paz del alma", la aspiración cristiana. Nada nos es tan indiferente como la moral apacible y rumiante y la felicidad vacuna de la conciencia tranquila. Renunciando a la guerra, se renuncia a la vida grande... En muchos casos, por cierto, la "paz del alma" es simplemente un malentendido; otra cosa que no sabe designarse con un nombre más sincero. Veamos sin ambages ni prejuicios algunos casos. La "paz del alma" puede ser, por ejemplo, la suave irradiación de una animalidad prodigiosa en la esfera moral (o religiosa). O el comienzo del cansancio, la primera sombra que proyecta el atardecer, de cualquier índole que sea. O un indicio de que el aire está saturado de humedad y vienen vientos del Sur. O la gratitud inconsciente por una digestión feliz (llamada a veces "amor a los hombres"). O el aquietamiento del convaleciente para el cual todas las cosas tienen un sabor nuevo y que espera... O el estado consecutivo a una satisfacción intensa de la pasión dominante, el bienestar que fluye de una saciedad extraña. O la decrepitud de nuestra voluntad, de nuestras apetencias, de nuestros vicios. O la pereza, persuadida por la vanidad a vestirse con las galas morales. O el advenimiento de una certidumbre, aun de una pavorosa, tras larga tensión y tortura provocadas por la incertidumbre. O la expresión de madurez y maestría en plena actividad, obra, creación, volición; la respiración serena; el "libre albedrío" alcanzado... ¿Sería también el ocaso de los ídolos una modalidad tan sólo de la "paz del alma"?...

4

He aquí un principio reducido a una fórmula. Todo naturalismo en la moral, esto es, toda moral sana, se rige por un instinto vital; algún requisito de la vida es cumplido mediante un determinado canon de "debes" y "no debes", removiéndose así algunos obstáculos del camino de la vida. A la inversa, la moral antinatural, esto es, poco menos que toda moral enseñada, exaltada y predicada hasta ahora, se vuelve precisamente contra los instintos de la vida, implica un repudio, ya solapado o abierto e insolente, de estos instintos. Diciendo "Dios mira el corazón", dice no a las apetencias más bajas y más elevadas de la vida y concibe a Dios como enemigo de la vida... El santo grato a Dios es el castrado ideal... Termina la vida donde empieza el "reino de Dios"
...

5

Quien comprende el ultraje que supone esta sublevación contra la vida, tal como ha llegado a ser casi sacrosanta en la moral cristiana, comprende por fortuna también lo inútil, ficticio, absurdo y falaz de tal sublevación. Todo repudio de la vida de parte de los vivos se reduce, en definitiva, a síntomas de una determinada clase de vida, independientemente que este repudio esté o no justificado. Habría que estar situado fuera de la vida y, por otra parte, conocerla tan bien como cualquiera, como muchos, como todos los que la han vivido, para tener derecho a abordar siquiera el problema del valor de la vida: razones de sobra para comprender que este problema no nos es accesible. Cuando hablamos de valores hablamos bajo la inspiración, la óptica, de la vida; la vida misma nos obliga a fijar valores, valora a través de nosotros, cuando los fijamos... De lo cual se infiere que también esa moral antinatural que concibe a Dios como antítesis y repudio de la vida no es sino un juicio de valor de la vida; ¿de qué vida?, ¿de qué clase de vida? Ya he dado la respuesta: de la vida decadente, debilitada, cansada, condenada. La moral, tal como hasta ahora se la ha entendido, tal como la ha formulado por último también Schopenhauer, como "negación de la voluntad de vida", es el instinto de la décadence que se presenta como imperativo. Dice ella: "¡Sucumbe!"; es el juicio de condenados...

6

Consideramos, por último, la ingenuidad que supone decir: "¡así debiera ser el hombre!' La realidad nos muestra una encantadora riqueza de tipos, la exuberancia de un derrochador juego y cambio de formas; y he aquí que tal pobre moralista metido en su rincón dice: "¡no!, ¡el hombre debiera ser diferente!"... Y este pedante hasta pretende saber cómo debiera ser el hombre; pinta en la pared su propia imagen y dice "¡ecce homo!"... Aunque el moralista sólo se dirija al individuo y le diga: "¡tú debieras ser así!", hace también el ridículo. El individuo es en un todo un trozo de fatum, una ley más, una necesidad más para todo lo por venir, todo lo que será. Decirle "¡sé diferente!" significa pedir que todo sea diferente y cambie, incluso retroactivamente... Y en efecto, no han faltado los moralistas consecuentes que pedían que el hombre fuese diferente, esto es, virtuoso, trasunto fiel de ellos, vale decir, estrecho y mezquino; ¡para tal fin negaban el mundo! ¡Una máxima locura, por cierto! ¡Una inmodestia nada modesta, por cierto! ... La moral, en tanto que condena por principio y supone un no con referencia a cosas, factores o propósito de la vida, es un error específico con el cual no hay que tener contemplaciones, una idiosincrasia de degenerados qué ha hecho un daño inmenso... Los otros, los inmoralistas, por el contrario, hemos abierto nuestro corazón a toda clase de comprensión, compenetración y aprobación. Nos cuesta negar; anhelamos decir sí. Se nos han abierto cada vez más los ojos para esa economía que necesita y sabe aprovechar aun todo lo que repudia la santa locura del sacerdote, de la razón enferma operante en el sacerdote; para esa economía en la ley de la vida que saca provecho incluso de la repugnante especie de los mojigatos, los sacerdotes y los virtuosos. ¿Qué provecho? En este punto nosotros mismos, los inmoralistas, somos la respuesta...

LOS CUATRO GRANDES ERRORES

1

Error de la confusión de causa y efecto. No hay error más peligroso que confundir el efecto con la causa: para mí es la depravación propiamente dicha de la razón. Y sin embargo, forma parte de este error de los hábitos más antiguos y más actuales de la humanidad; hasta entre nosotros está santificado, llevando el nombre de "religión", "moral". Lo implica cada principio enunciado por la religión y la moral; los sacerdotes y los legisladores morales son los autores de esta depravación de la razón. Un ejemplo ilustrará lo antedicho. Todo el mundo conoce el libro en que el famoso Cornaro recomienda su dieta frugal como receta para una vida larga, feliz y también virtuosa.

Pocos libros han sido leídos con tanto afán; todavía ahora se imprimen en Inglaterra todos los años muchos miles de ejemplares. Dudo de que libro alguno (excepción hecha de la Biblia) haya causado tanto estrago, acortado tantas vidas como este curiosum bien intencionado. Todo por haber confundido su autor el efecto con la causa. Ese buen italiano consideraba su dieta como la causa de su longevidad; cuando lo que pasaba era que la lentitud extraordinaria del metabolismo, el desgaste reducido, resultaba la causa de su dieta frugal. No estaba en libertad de comer poco o mucho; su frugalidad no era un "libre albedrío"; el hombre enfermaba si comía más. Mas a todo el que no es un pez de sangre fría no sólo le conviene, sino que le hace falta comer bien. El erudito de nuestro tiempo, con su rápido desgaste de energía nerviosa, se arruinaría si adoptase el régimen de Cornaro. Crede experto.

2

La fórmula implícita en toda religión y moral reza "¡Haz esto y aquello, no hagas esto ni aquello; así alcanzarás la felicidad! De lo contrario..." Toda moral, toda religión, es este imperativo, al que yo llamo gran pecado original de la razón, inmortal sinrazón. En boca mía, esa fórmula se convierte en su inversión, primer ejemplo de mi "transmutación de todos los valores": el hombre armonioso, el "afortunado", no puede meteos que cometer determinados actos e instintivamente rehúye otros; introduce el orden que fisiológicamente encarna en sus relaciones con los hombres y las cosas. He aquí la fórmula correspondiente: su virtud es el efecto de su felicidad... La vida larga y la prole numerosa no son el premio de la virtud, sino que la virtud es ese retardo del metabolismo que, entre otras cosas, determina también una vida larga y una prole numerosa, en una palabra, el cornarismo. La Iglesia y la moral dicen: "el vicio y el lujo arruinan a los linajes y a los pueblos". Mi razón restaurada dice: "cuando un pueblo se arruina, cae en la degeneración fisiológica y se originan el vicio y el lujo (esto es, la necesidad de estímulos cada vez más fuertes y más frecuentes, como la conoce todo ser agotado).

El joven se debilita prematuramente. Sus amigos afirman que la culpa la tiene tal enfermedad. Yo afirmo que el hecho de que ese joven haya enfermado, no haya resistido a la enfermedad, es la consecuencia de una vida empobrecida, de un agotamiento congénito. El lector de diarios dice que tal partido labra su propia ruina por tal error. Mi política superior, en cambio, dice que un partido que comete tal error está arruinado; que ha perdido la seguridad de sus instintos. Todo error, en todo sentido, es la consecuencia de degeneración de los instintos, de disgregación de la voluntad; lo malo queda así indefinido. Todo lo bueno es instinto y, por ende, fácil, necesario, libre. El esfuerzo es una objeción, el dios es típicamente distinto del héroe (dicho en mi propio lenguaje: los pies alados son el atributo primordial de la divinidad).

3

Error de una falsa causalidad.En todos los tiempos se ha creído saber qué cosa es una causa; pero ¿de dónde derivábamos nuestro saber, más exactamente, nuestra creencia de que sabíamos? Del reino de los famosos "hechos interiores", ninguno de los cuales ha sido aún corroborado. Nos atribuíamos en el acto volitivo un carácter causal; creíamos sorprender por lo menos in flagranti la causalidad. Asimismo, no se dudaba de que todos los antecedentes de un acto, sus causas, habían de buscarse en la conciencia y que en ésta se lo encontraba si en ella se los buscaba, como "motivos"; o si no, se habría estado en libertad de cometerlo, no se habría sido responsable por él. Por último, ¿quién iba a negar que el pensamiento fuera el efecto de una causa? ¿Que el yo causara el pensamiento...? De estos tres "hechos interiores", que parecían garantizar la causalidad, el primordial y más convincente es el de la voluntad como causa; la concepción de una conciencia ("espíritu' como causa v, más tarde, la del yo ("sujeto") como causa son tan sólo concepciones derivadas, una vez que se consideraba dada, como empiria, la causalidad de la voluntad... Desde entonces hemos meditado en forma más honda y penetrante. Ya no creemos una palabra de todo esto. El "mundo interior" está plagado de espejismos y fuegos fatuos; uno de ellos es la voluntad. Ésta ya no acciona nada y, por ende, ya no explica nada; no es más que un fenómeno concomitante que puede faltar. Otro error es el llamado "motivo", que es un mero fenómeno accidental de la conciencia, un corolario del acto que no tanto representa sus antecedentes como los oculta. ¡Y no se diga el yo! Éste se ha convertido en fábula, ficción, juego de palabras; ¡ha cesado por completo de pensar, de sentir y de querer! ... ¿Qué se deduce 'de esto? ¡No hay causas mentales! ¡Toda la presunta empiria al respecto se ha reducido a la nada! ¡He aquí lo que se sigue de esto! Y, sin embargo, habíamos abusado a más no poder de esta "empiria"; en base a ella habíamos construido el mundo como un mundo de causas, de voliciones, de espíritus. Trabajaba en esto la más antigua y más larga sicología, que en definitiva no hacía otra cosa; para ella, todo acaecer era un hacer y todo hacer la consecuencia de una volición. El mundo se le aparecía como una multitud de agentes y todo acaecer como determinado por un agente (un "sujeto"). El hombre ha proyectado fuera de sí sus tres "hechos interiores", aquello en que más firmemente creía: la voluntad, el espíritu y el yo; desarrolló del concepto "yo" el concepto "Ser" y concibió las "cosas" a su imagen como algo que "es", de acuerdo con su concepto del yo como causa. No es de extrañar, así, que luego haya vuelto a encontrar en las cosas lo que en ellas había introducido. La cosa, el concepto "cosa", lo repito, no es sino un reflejo de la creencia en el yo como causa... Y aun en su átomo, señores mecanicistas y físicos, ¡ cuánto error, cuánta sicología rudimentaria subsiste aún en su átomo! ¡Y no se diga la "cosa en sí", el horrendem pudendum de los metafísicos! ¡El error del espíritu como causa confundido con la realidad! ¡Y erigido en criterio de la realidad! ¡Y llamado Dios!

4

Error de las causas imaginarias. Hay que partir del sueno: a una determinada sensación, por ejemplo a raíz de un cañonazo lejano, y ver que se le inventa a posteriori una causa (con frecuencia toda una pequeña novela donde el soñador es el protagonista). Entre tanto, la sensación subsiste, en una especie de resonancia, esperando en cierto modo a que el impulso causal le permita pasar a primer plano, más como fenómeno contingente que como "sentido". El cañonazo aparece en forma causal, en una aparente inversión del tiempo. Lo posterior, la motivación, es experimentado primero, muchas veces con cien detalles que van desfilando de una manera fulminante; el cañonazo sigue... ¿Qué ha pasado? Las representaciones mentales originadas por una determinada sensación han sido entendidas equivocadamente como causa de la misma. Lo cierto es que en el estado de vigilia procedemos igual. La mayor parte de nuestras sensaciones generales toda clase de inhibición, presión, tensión y explosión en el juego y contrajuego de los órganos, en particular el estado del nervus sympathicus excitan nuestro impulso causal: buscamos un motivo para sentirnos tal como nos sentimos, para sentirnos mal o bien. Nunca nos contentamos con comprobar simplemente el hecho de que nos sentimos tal como nos sentimos; sólo admitimos este hecho, llegamos a tener conciencia de él, si le hemos dado una especie de motivación. El recuerdo, que en tal caso entra en actividad a pesar nuestro, evoca estados anteriores de la misma índole y las interpretaciones causales a ellos ligadas; no su causalidad. Por cierto que el recuerdo evoca también la creencia de que las representaciones mentales, los fenómenos concomitantes registrados en la esfera de la conciencia, han sido las causas. Tiene lugar así la habituación a una determinada interpretación causal, que en realidad dificulta, y aun impide, la indagación de la causa.

5

Explicación sicológica de lo antedicho. Reducir algo desconocido a algo conocido alivia, reconforta, satisface y proporciona una sensación de poder. Lo desconocido involucra peligro, inquietud y zozobra; aplícase el instinto primordialmente a eliminar estos estados penosos. Primer principio: cualquier explicación es preferible a ninguna explicación. Como en definitiva se trata tan sólo de un afán de librarse de representaciones penosas, se echa mano de cualquier medio que se ofrece con tal de quitárselas de encima, sin discriminar mayormente; cualquier representación mental en virtud de la cual lo desconocido se dé por conocido resulta tan reconfortante que se la "cree cierta". Es la prueba del placer ("de la fuerza") como criterio de la verdad. El impulso causal está, pues, determinado y excitado por el temor. El "¿por qué?" debe dar en lo posible no la causa por la causa misma, sino determinado tipo de causa: una causa que tranquilice, redima, alivie. El que algo ya conocido, experimentado, grabado en la memoria, sea establecido como causa es la primera consecuencia de esta necesidad íntimamente sentida. Lo nuevo, no experimentado, extraño, queda excluido como causa. De modo que se busca como causa no un tipo de explicaciones, sino un tipo escogido y preferido de explicaciones, aquel que con más rapidez y frecuencia haya eliminado la sensación de lo extraño, nuevo, jamás experimentado las explicaciones más corrientes. Como consecuencia de esto, un determinado tipo de motivación causal prevalece cada vez más, se reduce a sistema y llega al fin a dominar, con exclusión de otras causas y explicaciones. El banquero piensa en seguida en el "negocio", el cristiano en el "pecado" y la muchacha en su amor.

6

Todo el dominio de la moral y la religión cae bajo este concepto de las causas imaginarias. "Explicación" de las sensaciones generales desagradables: Éstas están determinadas por seres hostiles a los hombres (espíritus malignos; el caso más célebre es la definición errónea de las histéricas como brujas). Están determinadas por actos censurables (el sentimiento del "pecado", de la "propensión al pecado", como explicación de un, malestar_ fisiológico, puesto que siempre se encuentran motivos para estar descontento consigo mismo). Están determinadas como castigo, como expiación de algo que no se debió hacer, de algo que no debió ser (lo cual ha sido generalizado en forma terminante por Schopenhauer, en una proposición donde la moral aparece como lo que es, o sea como emponzoñadora y detractora propiamente dicha de la vida: "todo dolor intenso, físico o mental, expresa lo que tenemos merecido: pues no nos podría sobrevenir si no lo tuviésemos merecido". El mundo como voluntad y representación). Están determinadas como consecuencias de actos irreflexivos, fatales (los afectos, los sentidos, concebidos como causa, como "culpa"; apremios diferentes como "merecidos").

"Explicación" de las sensaciones generales agradables: Éstas están determinadas por la fe en Dios. Están determinadas por la conciencia de buenas acciones (la llamada "conciencia tranquila", un estado fisiológico que a veces se parece mucho a la buena digestión). Están determinadas por el resultado feliz de empresas (conclusión errónea candorosa; el resultado feliz de una empresa no proporciona en absoluto sensaciones generales agradables a un hipocondríaco o a un Pascal). Están determinadas por la fe, el amor y la esperanza: las virtudes cristianas. En realidad, todas estas presuntas explicaciones son estados derivados y, por así decirlo, traducciones de sensaciones de placer o desplacer a un dialecto falso. Se está en condiciones de esperar porque la sensación de fuerza y plenitud infunde tranquilidad serena. La moral y la religión pertenecen en un todo a la sicología del error: en cada caso particular se confunde la causa con el efecto, la verdad con el efecto de lo creído cierto o un estado de la conciencia con la causalidad de este estado.

7

Error del libre albedrío. Hoy día ya no tenemos contemplaciones con el concepto "libre albedrío"; sabemos demasiado bien lo que es: el más cuestionable truco de los teólogos con miras a hacer a la humanidad "responsable" en su criterio, o lo que es lo mismo, con el propósito de dominarla...

Me limito aquí a exponer la sicología de todo hacer responsable. Dondequiera que se busquen responsabilidades suele ser el instinto del querer castigar y juzgar el que impera. Cuando se reduce el ser tal y como es, a voluntad, propósitos, actos de la responsabilidad, se despoja la posibilidad de su inocencia; la doctrina de la voluntad ha sido inventada esencialmente para los fines de castigo, esto es, para satisfacer el afán de declarar culpable. Toda la antigua sicología, la sicología volicional, reconoce como origen el hecho de que sus autores, los sacerdotes al frente de antiguas comunidades, querían procurarse a sí mismos o bien a Dios, el derecho de castigar. Se concebía a los hombres "libres", para que se los pudiera juzgar y castigar, para que pudieran ser culpables; en consecuencia, había que concebir cada acto como acto volitivo, el origen de cada acto como situado en la conciencia (con lo cual la tergiversación más fundamental in psychologicis quedaba convertida en el principio de la sicología...). Hoy día, cuando hemos entrado en el movimiento opuesto; cuando en particular los inmoralistas nos aplicamos con todas las fuerzas a eliminar del mundo el concepto de la culpa y el del castigo, y depurar de ellos la sicología, la historia, la Naturaleza y las instituciones y sanciones sociales, consideramos como nuestros adversarios más radicales a los teólogos, los que por el concepto del "orden moral" siguen arruinando la inocencia de la posibilidad, contaminándola con el "castigo" y la "culpa". El cristianismo es la metafísica del verdugo...

8

Nuestra doctrina sólo puede ser ésta: que al hombre no le son dadas sus propiedades por nadie, ni por Dios ni por la sociedad, sus padres y antepasados, ni tampoco por él mismo (el disparate de la noción aquí repudiada en último término ha sido enseñado como "libertad inteligible" por Kant, y acaso ya por Platón). Nadie es responsable de su existencia, de su modo de ser, de las circunstancias y el ambiente en que se halla. La fatalidad de su ser no puede ser desglosada de la fatalidad de todo lo que fue y será. El hombre no es la consecuencia de un propósito expreso, de una voluntad ni de un fin; con él no se hace una tentativa de alcanzar un "tipo humano ideal" o una "felicidad ideal" o una "moralidad ideal"; siendo absurdo pretender descargar su modo de ser en algún "fin". Nosotros hemos inventado el concepto "fin"; la realidad nada sabe de fines... Se es, necesariamente, un trozo de fatalidad; se forma parte del todo, se está integrado en el todo; no hay nada susceptible de juzgar, valorar, comparar, condenar nuestro ser, pues significaría juzgar, valorar, comparar, condenar el todo... ¡Mas no existe nada fuera del todo!

Dejar de hacer responsable a alguien y comprender que la esencia del Ser no debe ser reducida a una causa prima; que el mundo no es ni como sensorio ni como "espíritu" una unidad, significa la gran liberación; sólo así queda restaurada la inocencia de la posibilidad... Hasta ahora, el concepto "Dios" ha sido la objeción más grave contra la existencia... Nosotros negamos a Dios, la responsabilidad en Dios, y sólo así redimimos el mundo.

LOS "MEJORADORES" DE LA HUMANIDAD

1

Conocido es mi postulado según el cual el filósofo se sitúa más allá del bien y del mal, encontrándose por encima de la ilusión del juicio moral. Este postulado deriva de un descubrimiento que yo he sido el primero en formular: no hay hechos morales. El juicio moral, como el religioso, se funda en realidades ilusorias. La moral no es sino una interpretación de determinados fenómenos, y más propiamente: una mala interpretación. Semejante al juicio religioso, la moral caracteriza un nivel de la ignorancia en que falta aun la noción de lo real, la discriminación entre lo real y lo imaginario; de modo que en este nivel la "verdad" designa sin excepción cosas que hoy día llamamos "ficciones". De lo cual se infiere que el juicio moral nunca debe ser tomado al pie de la letra, pues siempre consiste en un puro contrasentido. Como semiótica, por cierto, es inestimable; pues revela, al que sabe por lo menos, las realidades más valiosas de culturas e interioridades, que no sabían lo suficiente para "entenderse" a sí mismas. La moral en definitiva es mero lenguaje de signos, mera sintomatología ; para sacar provecho de ella es preciso saber de antemano de qué se trata.

2

Me valdré, por lo pronto, de un primer ejemplo. En todos los tiempos se ha querido volver "mejor" al hombre; este propósito era lo que primordialmente se entendía por moral. Mas he aquí que este término implica tendencias diametralmente opuestas. Tanto domesticar la bestia humana como "criar" un determinado tipo humano ha sido considerado como "mejoramiento" del hombre; sólo estos dos términos zoológicos expresan realidades; realidades, es verdad, de las que el "mejorador" típico, el sacerdote, no sabe nada, no quiere saber nada... Llamar a la domesticación de un animal su "mejoramiento" suena casi a burla sangrienta. Quien sabe lo que ocurre en los circos de animales, desconfía que en ellos sean "mejoradas" las bestias. Se las debilita, se reduce su peligrosidad, se las convierte por el efecto depresivo del miedo, por dolor, herida y hambre, en bestias morbosas. Pues dicen: lo mismo ocurre con el hombre domesticado, que el sacerdote ha "mejorado". En la temprana Edad Media, en tiempos en que la Iglesia era en efecto primordialmente una especie de zoológico amaestrado, se cazaban los ejemplares más hermosos de la "bestia rubia"; se "mejoraba", por ejemplo, a los germanos de noble linaje. Pero tal germano "mejorado", atraído al convento, quedaba reducido a una caricatura de hombre, un ser trunco; convertido en un "pecador", estaba metido en una jaula, recluido entre conceptos terribles... Helo aquí postrado, enfermo, enclenque, fastidiado consigo mismo, lleno de odio a todo lo que seduce de la vida y de recelo hacia todo lo que era todavía fuerte y feliz. En una palabra, un "cristiano"... Fisiológicamente hablando, en la lucha con la bestia, enfermarla puede ser el único medio de debilitarla. Bien entendía el problema la Iglesia; echando a perder al hombre, lo debilitaba, pretendiendo "mejorarlo"...

3

Consideremos el otro caso de la llamada moral, el de la "cría"; formación de una determinada raza y tipo. El ejemplo más grandioso al respecto es la moral india, sancionada como religión por la "Ley de Manú". Aquí se propone' la tarea de formar simultáneamente nada menos que cuatro razas: una sacerdotal, otra guerrera, otra mercantil y campesina y, por último, una raza destinada a servir, los sudras. En este caso nos encontramos definitivamente entre domadores de fieras; un tipo humano cien veces más suave y cuerdo, se necesita para concebir siquiera el plan de tal formación. Respira uno con alivio al pasar de la atmósfera cristiana de hospital y cárcel a este mundo más sano, más elevado y amplio. ¡Cuán pobre y maloliente aparece el "Nuevo Testamento" al lado de Manú!

Mas también esta organización tenía que ser terrible; esta vez no en lucha con la bestia, sino con el concepto antitético, el hombre no "criado" y formado, el hombre mezcolanza, el tshandala. Y a su vez, no disponía de otro medio de quitarle su peligrosidad, de debilitarlo, que el de enfermarla; tal era la lucha con el "gran número". Sin embargo, es posible que no haya nada tan contrario a nuestro sentir como las medidas preventivas de la moral india. El tercer edicto, por ejemplo (AvadanaSastra I), el "de las legumbres impuras", ordena que el único alimento permitido a los tshandalas es el ajo y la cebolla, toda vez que la Sagrada Escritura prohíbe darles granos ni frutos que contengan granos, ni tampoco agua y fuego. El mismo edicto estipula que el agua que necesitan no debe ser extraída de los ríos, fuentes ni lagos, sino únicamente de los accesos a los pantanos y de los hoyos originados por las pisadas de los animales. Se les prohíbe, asimismo, lavar su ropa, y aun lavarse a sí mismos, toda vez que el agua que se les concede como un favor sólo debe servir para apagar la sed. Prohíbese, por último, a las mujeres sudras asistir a las mujeres tshandalas que dan a luz, así como a éstas asistirse entre sí... No se hizo esperar el resultado de tal reglamentación sanitaria epidemias mortíferas, asquerosas enfermedades venéreas, y luego, como reacción, la "ley del cuchillo", ordenando la circuncisión de los varones y la extirpación de los labios pequeños de la vulva en las niñas. El propio Manú dice: "los tshandalas son el fruto del adulterio, incesto y crimen" (tal es la consecuencia necesaria del concepto "cría"). Toda su indumentaria debe reducirse a andrajos tomados de los cadáveres, su vajilla, a ollas rotas, su adorno, a hierro viejo, y su culto, al de los espíritus del mal; deben vagar sin hallar paz en ninguna parte. Se les prohíbe escribir de izquierda a derecha y servirse para escribir de la diestra, lo cual está reservado a los virtuosos, a las "personas de raza".

4

Estas disposiciones son harto instructivas; en ellas se da la humanidad aria en toda su pureza y originalidad; puede verse que el concepto "sangre pura" es todo lo contrario de un concepto inofensivo. Resulta claro, por otra parte, en qué pueblo se ha perpetuado el odio, el odio tshandala, a esta "humanidad"; dónde este odio se ha hecho religión, genio... Desde este punto de vista, los Evangelios, y, sobre todo, el Libro de Enoch, constituyen un documento de primer orden. El cristianismo, de raíz judía y sólo comprensible como planta crecida en este suelo, representa la reacción a toda moral de casta, raza y privilegio; es la religión antiaria por excelencia. Significa el cristianismo la transmutación de todos los valores arios, el triunfo de los valores tshandalas; el evangelio predicado a los pobres y humildes, la sublevación total de todos los oprimidos, miserables, malogrados y desheredados contra la "raza"; la inmortal venganza tshandala como religión del amor...

5

La moral de selección y la moral de domesticación apelan, para imponerse, a idénticos medios; cabe enunciar como axioma capital que para establecer la moral hay que tener la voluntad incondicional de practicar lo contrario de la moral. Tal es "el grande y desconcertante problema que he estudiado con más ahínco: la sicología de los "mejoradores" de la humanidad. Un hecho pequeño, y en definitiva, subalterno, el de la llamada pia fraus, me facilitó el primer acceso a este problema: la pia fraus, el patrimonio de todos los filósofos y sacerdotes que "mejoraron" a la humanidad. Ni Manú ni Platón, Confucio ni los predicadores judíos y cristianos han dudado jamás de su derecho de recurrir a la mentira. ¡No han dudado, en suma, de ningún derecho!... Resumiendo, cabe decir que todos los medios de que se ha hecho uso para moralizar a la humanidad han sido en el fondo medios inmorales.

LO QUE FALTA A LOS ALEMANES

1

Entre alemanes no basta hoy con tener espíritu; hay que tomárselo, arrogárselo...

Quizá conozca yo a los alemanes; quizá hasta tenga derecho a decirles cuatro verdades. La nueva Alemania representa una gran cantidad de capacidad ingénita y desarrollada; así que por un tiempo le es dable gastar, y aun derrochar, el caudal acumulado de fuerza. No ha llegado a prevalecer, con ella, una cultura elevada, y menos un gusto exquisito, una "belleza" aristocrática de los instintos; sí, virtudes más viriles que en ningún otro país de Europa. Hay mucha gallardía y orgullo, mucho aplomo en el trato, en la reciprocidad de los deberes, mucha laboriosidad, mucha perseverancia; y una moderación ingénita que necesita, antes que del freno, del aguijón. Por lo demás, en Alemania se obedece todavía, sin que la obediencia implique una humillación... Y nadie desprecia a su adversario...

Como se ve, mi deseo es hacer justicia a los alemanes; no quiero apartarme en este punto de mi norma de siempre; pero he de plantearles mis objeciones. Llegar al poder es algo que se paga caro; el poder entontece... En un tiempo se llamaba a los alemanes el pueblo de los poetas y pensadores; ¿piensan todavía? Ahora, los alemanes se aburren con el espíritu y desconfían de él; la política mata todo interés serio por las verdaderas cosas del espíritu. Temo que

"Deutschland, Deutschland über Alles" haya acabado con la filosofía alemana... "¿Hay filósofos alemanes?", me preguntan en el exterior. "¿Hay poetas alemanes? ¿Hay buenos libros alemanes?" Y yo me ruborizo, pero con esa valentía que me caracteriza aun en los trances más difíciles, contesto: "¡Sí, Bismarck!" ¡Como para celebrar qué clase de libros se leen hoy en día! ... ¡Maldito instinto de la mediocridad!

2

¿Quién no ha pensado con melancolía en lo que podría ser el espíritu alemán? Mas desde hace casi mil años este pueblo se ha venido entonteciendo paulatinamente; en parte alguna se ha hecho un uso más vicioso de los dos grandes narcóticos europeos: del alcohol y el cristianismo. En tiempos recientes hasta se ha agregado un tercero, que basta por sí solo para acabar con toda agilidad sutil y audacia mentales: la música, nuestra obstruida y obstruidora música alemana. ¡Cuánta tétrica pesadez, torpeza, humedad y modorra, cuánta cerveza hay en la inteligencia alemana! ¿Cómo es posible que jóvenes que consagran su vida a los fines más espirituales no sientan el instinto primordial de la espiritualidad, el instinto de conservación del espíritu y beban cerveza?... El alcoholismo de la juventud erudita tal vez no ponga en tela de juicio su erudición, que sin espíritu se puede hasta ser un gran erudito, pero en cualquier otro plano de cosas es un problema. ¡Dónde no se comprueba esa suave degeneración que la cerveza determina en el espíritu! En cierta ocasión, en un caso que casi adquirió celebridad, denuncié tal degeneración: la degeneración de nuestro librepensador alemán número uno, del listo David Strauss, autor de un evangelio de cervecería y "nuevo credo"... No en balde había rendido pleitesía en verso a la "encantadora morocha", jurándole lealtad hasta la muerte...

3

He hablado del espíritu alemán, señalando que se vulgariza y se vuelve superficial. ¿Es esto bastante? En el fondo, lo que me aterra es otra cosa: el hecho de que declina cada vez más la seriedad alemana, la profundidad alemana, la pasión alemana por las cosas del espíritu. No solamente la intelectualidad ha cambiado, sino también el pathos.

Tengo de tanto en tanto contacto con Universidades alemanas; ¡hay que ver la atmósfera, la espiritualidad pobre y sosa, tibia y contentadiza, en, que se desenvuelven allí los eruditos! Sería un grave malentendido alegar como argumento en contra la ciencia alemana, y también una prueba de que no se ha leído una sola palabra de mis escritos. Desde hace diecisiete años no me canso de denunciar la influencia desespiritualizadora de nuestro medio científico actual. La dura labor a que el volumen tremendo de las ciencias condena hoy a todos los individuos es una de las causas principales de que para los espíritus plenos, pletóricos y profundos ya no existan una educación y educadores que les sean adecuados. Nuestra cultura de nada se resiente tanto como del exceso de especialistas arrogantes y humanidades fragmentarias; nuestras Universidades son, sin proponérselo, los invernáculos propiamente dicho de esta especie de atrofia de los instintos del espíritu. Y Europa toda ya se va dando cuenta de ello; la gran política no engaña a nadie. Se generaliza cada vez más la noción de que Alemania es el llano de Europa. No he encontrado aún a un alemán con el que pueda ser serio a mi manera; ¡y menos, por supuesto, a uno con el que yo pueda ser alegre! Ocaso de los ídolos: ¡ah, quién sería capaz, hoy día, de comprender de qué seriedad se reviste aquí un filósofo! La alegría serena es lo que menos se comprende entre nosotros...

4

Pensándolo bien, no sólo es evidente la decadencia de la cultura alemana, sino que no falta tampoco la causa que la explica de una manera convincente. En definitiva, uno no puede gastar más de lo que posee ocurre en esto con los pueblos lo mismo que con los individuos. Si se gasta todo para el poder, la gran política, la economía, el tráfico mundial, el parlamentarismo y los intereses militares; si se gasta en esta partida la cantidad de razón, seriedad, voluntad y dominio de sí mismo que existe, hay un déficit en la contrapartida. La cultura y el Estado de nada vale cerrar los ojos ante el hecho son antagonistas; el "Estado cultural" no es más que una idea moderna. La cultura vive del Estado, prospera a expensas del Estado, y viceversa. Todas las grandes épocas de la cultura son épocas de decadencia política; siempre lo que es grande en el sentido de la cultura ha sido apolítico, y aun antipolítico... El corazón de Goethe se abrió al fenómeno Napoleón, pero se cerró a las "guerras de liberación"... En el mismo instante en que Alemania llega a ser una potencia mundial, Francia cobra como potencia cultural renovada importancia. Ya mucha inteligencia, mucha pasión nueva del espíritu ha emigrado a París; la cuestión del pesimismo, por ejemplo, la cuestión wagneriana, casi todas las cuestiones sicológicas y artísticas, se consideran allí de una manera mucho más sutil y penetrante que en Alemania; los alemanes ni siquiera están capacitadas para esta clase de seriedad. En la historia de la cultura europea, el advenimiento del "Reich" significa más que nada un desplazamiento del centra de gravedad. En todas partes se sabe ya que en lo esencial y la cultura sigue siendo lo esencial ya no cuentan los alemanes. Se nos pregunta: ¿hay entre vosotros siquiera un solo espíritu que cuente en Europa, como contaron vuestro Goethe, vuestro Hegel, vuestro Heinrich Heine y vuestro Schopenhauer? El extranjero se queda estupefacto ante el hecho de que ya no hay un solo filósofo alemán.

5

Toda la educación superior en Alemania ha perdido lo principal: el fin y los medios conducentes al logro del mismo. Se ha olvidado que la educación misma, la ilustración, es el finy no "el Reich"; que para tal fin se requieren educadores, y no profesores de enseñanza secundaria y catedráticos de Universidad... Hacen falta educadores que ellos mismos estén educados; espíritus superiores, aristocráticos, probados a cada instante, probados tanto por lo que dicen como por lo que callan, cultivos maduros y sazonados, y no esos patanes eruditos que el colegio y la Universidad ofrecen hoy a la juventud como "ayas superiores". Faltan los educadores, abstracción hecha de las excepciones; quiere decir, la premisa primordial de la educación; de ahí la decadencia de la cultura alemana. 'Una de esas rarísimas excepciones es mi venerable amigo lakob Burckhardt, de Basilea; a él, más que a nadie, debe Basilea su supremacía en humanidad. El resultado efectivo que logran los "establecimientos superiores de enseñanza" en Alemania es un adiestramiento brutal con miras a hacer con un mínimo de pérdida de tiempo a multitud de jóvenes aprovechables, exportables, para la administración pública. "Educación superior" y "multitud" son desde un principio términos inconciliables. Toda educación superior ha de estar reservada a la excepción; hay que ser un hombre privilegiado para tener derecho a tan alto privilegio. Todas las cosas grandes, todas las cosas hermosas, jamás pueden ser patrimonio de todos pulchrum est paucorum hominum.

¿Qué es lo que determina la decadencia de la cultura alemana? La circunstancia de que la' "educación superior" ha dejado de ser un privilegio; el democratismo de la "ilustración general", vulgarizada... No ha de olvidarse que los privilegios militares efectivamente imponen la afluencia excesiva a los establecimientos superiores de enseñanza, quiere decir, su ruina. En la Alemania de hoy ya nadie puede procurar a sus hijos una educación refinada, si así lo desea; todos nuestros establecimientos superiores de enseñanza están orientados hacia la más equívoca mediocridad, con sus profesores, programas de enseñanza y fines didácticos. Y en todas partes prevalece una precipitación indecorosa, como si algo estuviese perdido, porque a los veintitrés años el joven no está "listo", no sabe dar una respuesta a la "cuestión principal", la de la orientación profesional.

El hombre superior, séame permitido consignarlo, no es amigo de la "profesión", porque tiene conciencia de su vocación... Él tiene tiempo, se toma todo el tiempo; no le interesa estar "listo"; a los treinta años se es, en el sentido de elevada cultura, un principiante, un niño. Nuestros colegios colmados y nuestros profesores de enseñanza secundaria abrumados de trabajo y entontecidos son un escándalo; para defender tales estados de cosas, como lo hicieron el otro día los profesores de Heidelberg, existen tal vez causas, pero no ciertamente razones.

6

Para no desmentir mi modo de ser, que es afirmativo y que sólo en forma mediata, involuntaria, tiene que ver con la objeción y la crítica, consigno a renglón seguido las tres tareas para las cuales son menester educadores. Hay que aprender a ver, hay que aprender a pensar y hay que aprender a hablar y a escribir; todo esto con miras a adquirir una cultura aristocrática. Aprender a ver, habituar la vista a la calma, la paciencia, la espera serena; demorar el juicio, aprender a enfocar desde todos lados y abarcar el caso particular. He aquí el adiestramiento preliminar primordial para la espiritualidad; no reaccionar instantáneamente a los estímulos, sino llegar a dominar los instintos inhibitorios, aisladores. Aprender a ver, como yo lo entiendo, es casi lo que el lenguaje no filosófico llama la voluntad fuerte; lo esencial de ésta es precisamente no "querer", ser capaz de suspender la decisión. Toda falta de espiritualidad, toda vulgaridad obedece a la incapacidad para resistir a los estímulos, que fuerza al individuo a reaccionar y seguir cualquier impulso. En muchos casos, esta incapacidad supone morbosidad, decadencia, síntoma de agotamiento; casi todo lo que la grosería poco filosófica designa con el nombre de "vicio", se reduce a esa incapacidad fisiológica para no reaccionar. Una aplicación práctica de este aprendizaje de la vista es la siguiente: en todo aprender el individuo se vuelve lento, receloso y recalcitrante. Lo extraño, lo nuevo, de cualquier índole que sea, lo deja por lo pronto acercarse a él con una calma hostil, retirando la mano. El estar con todas las puertas abiertas, la postración servil ante cualquier pequeño hecho, el sentirse dispuesto en todo momento a meterse, precipitarse sobre el prójimo y lo ajeno; en una palabra, la famosa "objetividad" moderna es mal gusto, lo antiaristocrático por excelencia.

7

Aprender a pensar: se ha perdido la noción de esto en nuestros establecimientos de enseñanza. Hasta en las Universidades, incluso entre los estudiosos propiamente dichos de la filosofía, la lógica empieza a extinguirse como teoría, como práctica, como oficio. Leyendo libros alemanes, ya no se descubre en ellos el más remoto recuerdo de que el pensamiento requiere una técnica, un plan didáctico, una voluntad de maestría; que hay que aprender a pensar como hay que aprender a bailar, concibiendo el pensamiento como danza... ¿Dónde está el alemán que conozca todavía por experiencia ese estremecimiento sutil que los pies ligeros en lo espiritual irradian a todos los músculos? La rígida torpeza del ademán espiritual, la manera desmañada de asir, son tan alemanas, que en el exterior suele considerárselas lo alemán. El alemán no tiene el sentido del matiz... El que los alemanes hayan siquiera aguantado a sus filósofos, sobre todo al eximio Kant, el lisiado más contrahecho que se ha dado jamás en el reino de los conceptos, dice demasiado de la gracia alemana. Sabido es que la danza, en todo sentido, está inseparablemente ligada a la educación aristocrática. Si hay que saber bailar con los pies, con los conceptos, con las palabras: ¿es necesario agregar que hay que saber bailar también con la pluma, que hay que aprender a escribir? Mas llegado este punto es posible que yo me convierta en un completo enigma para los lectores alemanes...

CORRERÍAS DE UN HOMBRE INACTUAL

1

Mis imposibles. Séneca: o el torero de la virtud. Rousseau: o el retorno a la Naturaleza in impuris naturalibus. Schiller: o el trompeta moral de Säckingen. Dante: o la hiena que compone sus versos en tumbas.Kant: o cant como carácter inteligible. Víctor Hugo: o el faro junto al mar del absurdo.George Sand: o lactea ubertas, o sea, la vaca lechera con "estilo hermoso".Michelet: o el entusiasmo en mangas de camisa.Carlyle: o el pesimismo como almuerzo mal digerido. John Stuart Mill: o la claridad agraviante. Les frères de Goncourt: o los dos Ayax trabados en lucha con Homero. Música de Offenbach. Zola: o "el deleite de heder".

2

Renan: Teología, o la corrupción de la razón por el "pecado original" (el cristianismo). Testimonio de ello es Renan, quien en cuanto arriesga un sí o no de carácter más bien general se equivoca con penosa regularidad. Quisiera, por ejemplo, aunar la science con la noblesse; pero es evidente que la science pertenece a la democracia. Desea, con no escasa ambición, representar un aristocratismo del espíritu; mas al mismo tiempo dobla la rodilla, y no solamente la rodilla ante la doctrina contraria, el évangile des humbles... ¡De nada sirven el librepensamiento, el modernismo, la ironía, etc., si íntimamente se sigue siendo cristiano, católico y aun sacerdote! Como un jesuita y confesor, Renan tiene la capacidad inventiva de la seducción; no le falta a su espiritualidad la amplia sonrisa de frailuco; como todos los sacerdotes, sólo se vuelve peligroso cuando ama. Nadie lo iguala en eso de adorar de una manera que entraña peligro mortal... Este espíritu de Renan, un espíritu que enerva, es una fatalidad más para la pobre Francia enferma, con la voluntad enferma.

3

SainteBeuve: No tiene ni pizca de virilidad; rebosa un odio mezquino frente a todos los espíritus viriles. Vaga sutil, curioso, aburrido, fisgón; en el fondo, mujer, con un rencor y una sensualidad muy femenina. Como sicólogo, un genio de la maledicencia; pródigo, inagotable en medios para tal fin; nadie como él para emponzoñar elogiando. Plebeyo en sus instintos más soterrados y afín al resentimiento de Rousseau: por ende, romántico; pues bajo todo romantisme el instinto de Rousseau clama, rencoroso, venganza. Revolucionario, pero contenido ajustado por el miedo. Sin libertad ante todo lo que tiene fuerza (la opinión pública, la Academia, la Corte, hasta Port Royal). Furioso con todo lo grande en los hombres y las cosas, con todo lo que cree en sí. Lo suficientemente poeta y semimujer para sentir lo grande aun como poder; retorciéndose constantemente, como ese famoso gusano, porque constantemente se siente pisoteado. Como crítico, sin criterio ni sustancia, con el paladar del libertino cosmopolita para variadas cosas, pero sin tener valor ni siquiera para admitir el libertinaje. Como historiador, sin filosofía, sin el poder de la mirada filosófica; es, por consiguiente, por lo que en todos los asuntos principales repudia la tarea de juzgar bajo la máscara de la "objetividad". Muy otra actitud observa ante todas las cosas donde un gusto refinado, gastado, es la más alta instancia; aquí si que tiene el valor de la autoafirmación, el deleite de la autoafirmación ; en esto es un maestro consumado. A juzgar por algunas páginas, una forma preliminar de Baudelaire.

4

La Imitatio Christi es uno de esos libros que yo no puedo hojear sin experimentar una repulsión fisiológica; trasciende de ella un perfume femenino, para cuyo disfrute hay que ser francés o wagneriano... Su autor tiene una manera de hablar del amor que hasta las parisienses quedan intrigadas. Me dicen que ese jesuita más listo, A. Comte, que pretendió conducir a sus franceses a Roma por el rodeo de la ciencia, se inspiró en este libro. Lo creo: "la religión del corazón"...

5

G. Eliot: Esa gente se ha librado del Dios cristiano y cree ahora que debe profesar más que nunca la moral cristiana; he aquí una consecuencia inglesa, que no vamos a reprochar a los mamarrachos morales a lo Eliot. En Inglaterra, por cualquier pequeña emancipación de la teología, hay que rehabilitarse de una manera aterradora como fanático de la moral. Tal es en ese país la multa que por esto se paga. Nosotros, en cambio, tenemos entendido que quien repudia el credo cristiano no tiene derecho a la moral cristiana. Ésta no es en absoluto una cosa sobrentendida; digan lo que digan los menos ingleses, hay que insistir en la verdad sobre este punto. El cristianismo es un sistema, una concepción global y total de las cosas. Desglosar de él un concepto capital, la creencia en Dios, significa romper el todo, quedarse sin nada necesario. Descansa el cristianismo en el supuesto de que el hombre no sepa, no pueda saber, qué es bueno y qué es malo para él; cree en Dios, el único que lo sabe. La moral cristiana es una orden; su origen es trascendente; se halla más allá de toda crítica, de todo derecho a la crítica; sólo expresa la verdad si Dios es la verdad; está inseparablemente ligada a la creencia en Dios. Si los ingleses creen efectivamente que saben por sí solos, por vía de la "intuición", qué es bueno y qué es malo; si, en consecuencia, creen que ya no tienen necesidad del cristianismo como garantía de la moral, es por una mera consecuencia del imperio del juicio de valor cristiano y una expresión de lo sólido y profundo que es este imperio, así que se ha olvidado el origen de la moral inglesa y ya no se siente lo muy condicionado de su derecho a la existencia. Para el inglés, la moral aún no constituye un problema...

6

George Sand: He leído las primeras Lettres d'un voyageur: como todo lo que deriva de Rousseau, falsas, artificiosas, blandas, exageradas. Yo no soporto este abigarrado estilo de papel pintado, como tampoco la ambición plebeya de sentimientos generosos. Lo peor, por cierto, es y sigue siendo la coquetería femenina con virilidades, con modales de mozalbete petulante. ¡Qué fría sería, con todo, esa artista insoportable! Se daba ella cuerda como si fuese un reloj y a escribir... ¡Fría, como Hugo, como Balzac, como todos los románticos, en cuanto empuñaban la pluma! Y con qué aire de suficiencia se tumbaría esa fecunda vaca plumífera, que tuvo algo de alemán en sentido fatal, igual que el propio Rousseau, su maestro, y aunque sólo haya podido darse en tiempos en que declinaba el gusto francés! Sin embargo, Renan la venera...

7

Moral para sicólogos. ¡No practicar una sicología reporteril! ¡No observar nunca por el hecho de observar! Conduce esto a una óptica falsa, a una perspectiva torcida, a una cosa forzada y exagerada. El experimentar como prurito de experimentar no sale bien. Quien experimenta no debe estar con los ojos fijos en sí, o si no, toda ojeada se convierte en "aojadura". El sicólogo nato se cuida por instinto de ver para ver; lo mismo se aplica al pintor nato, quien no trabaja nunca "del natural", sino que encomienda a su instinto, su cámara oscura, la tarea de cribar y exprimir el "caso", la "Naturaleza", la "experiencia"... Sólo lo general, la conclusión, el resultado, entra en su conciencia; no sabe de esa arbitraria deducción de caso particular.

¿Cuál es el resultado si se procede de un modo diferente? ¿Si, por ejemplo, se practica sicología reporteril sobre el modelo de los romanciers parisienses, grandes y pequeños? Esa gente dijérase que acecha la realidad y todas las noches vuelve a casa con un puñado de curiosidades... Pero el resultado está a la vista: un montón de páginas pintarrajeadas, un mosaico en el mejor de los casos; de todos modos, una cosa compuesta, inquieta, estridente. En este aspecto, lo peor corresponde a los Goncourt, los cuales no juntan tres frases que no hieran la vista, la vista del sicólogo.

La Naturaleza, artísticamente apreciada, no es un modelo. Exagera, deforma y crea lagunas. La Naturaleza es el azar. El estudio "del natural" se me antoja un mal síntoma; denota sumisión, debilidad y fatalismo. Esta postración ante los petits faits no es digna del artista cabal. Ver lo que es he aquí algo que corresponde a un tipo diferente de espíritus, a los espíritus antiartísticos, fácticos. Hay que saber quién se es...

8

A propósito de la sicología del artista. Para que haya arte, cualquier hacer y mirar estético, es imprescindible un requisito fisiológico: la embriaguez. Hasta que la embriaguez no haya acrecentado la excitabilidad de todo el mecanismo no aparece el arte. Todas las clases de embriaguez, por diferentemente determinadas que estén, tienen este poder; lo tiene, sobre todo, la embriaguez de la excitación sexual, forma antigua y primaria de la embriaguez. Como también la embriaguez que deriva de todos los grandes apetitos, de todos los fuertes afectos; la embriaguez de la fiesta, de la rivalidad, de la hazaña, del triunfo, de todo movimiento extremo; la embriaguez de la crueldad; la embriaguez de la destrucción; la embriaguez derivada de determinados factores meteorológicos, por ejemplo, la embriaguez de la primavera o de la acción de los narcóticos. Por último, la embriaguez de la voluntad, de una voluntad cargada y henchida. Lo esencial de la embriaguez es la sensación de fuerza acrecentada y plena. Esta sensación impulsa al individuo a obsequiar a las cosas, a participar en ellas, a violentarlas; a esto es a lo que se le llama idealizar. Emancipémonos en este punto de un prejuicio: el idealizar no consiste, como se cree comúnmente, en una deducción o abstracción de lo pequeño y secundario, lo decisivo es una tremenda acentuación de los rasgos principales, al punto que desaparecen los demás.

9

Embargado por este estado, uno enriquece todo con su propia plenitud; todo lo que ve y apetece lo ve henchido, pletórico, vigoroso, cargado de fuerza. El hombre ebrio transmuta las cosas, hasta que reflejan su propio poder, hasta que son reflejos de su propia perfección. Este no poder por menos de transmutar las cosas en algo perfecto es a lo que llamamos arte. Incluso todo lo que él no es, se convierte en goce propio; en el arte, el hombre goza de sí mismo como de algo perfecto. Es dable concebir un estado contrario, una específica esencia antiartística del instinto, un modo de ser que empobrece, diluye y atrofia todas las cosas. Y, en efecto, abundan en la historia tales antiartistas, tales famélicos de la vida que por fuerza toman las cosas, las agotan y desnutren. Tal es, verbigracia, el caso del cristianismo genuino de Pascal. No se da un cristiano que al mismo tiempo sea artista..., y no se incurra en la puerilidad de alegar el caso de Rafael o de cualquier cristiano homeopático del siglo XIX; Rafael dijo sí e hizo sí, luego no fue un cristiano...

10

¿Qué significa la oposición: apolíneodionisíaco, introducida por mí en la estética, valores entendidos como tipos de la embriaguez? La embriaguez apolínea determina ante todo la excitación de la vista, así que ésta adquiere el poder de la visión. El pintor, el plástico y el épico son visionarios por excelencia. En el estado dionisíaco, en cambio, se halla excitado y exaltado todo el sistema afectivo, que descarga de una vez todos sus medios de expresión y manifiesta a un tiempo el poder de representación, reproducción, transfiguración y transmutación, toda clase de mímica e histrionismo. Lo esencial es aquí la facilidad de la metamorfosis, la incapacidad para no reaccionar (en forma parecida al caso, de ciertos histéricos que también representan cualquier papel que se les indique). Al hombre dionisíaco le es imposible no entender sugestión alguna; no pasa por alto ninguna señal del afecto; posee en máximo grado el instinto de comprensión y adivinación, del mismo modo que posee en máximo grado el arte de la comunicación. Se mete en cualquier piel, en cualquier afecto; se transforma sin cesar. La música, tal como hoy la entendemos, también es una excitación y descarga total de los afectos, no obstante ser el residuo de un mundo de expresión mucho más pleno del afecto, un mero residuum del histrionismo dionisíaco. Con objeto de hacer posible la música como arte particular, se han paralizado un número de sentidos, en particular el sentido de los músculos (por lo menos, relativamente, pues hasta cierto punto todo ritmo habla todavía a nuestros músculos), de suerte que el hombre ya no imita y representa directamente todo lo que siente. Sin embargo, tal es el estado dionisíaco normal, en todo caso el estado primario, la música es la especificación poco a poco alcanzada del mismo a expensas de las facultades inmediatamente afines.

11

El actor, el mimo, el danzarín, el músico y el lírico son íntimamente afines en sus instintos y esencialmente idénticos, aunque poco a poco se hayan especializado y diferenciado entre sí, llegando incluso al extremo de la contradicción. El lírico con quien durante más tiempo estuvo identificado fue con el músico, el actor, con el danzarín. El arquitecto no representa ni un estado dionisíaco ni uno apolíneo; en él lo que tiende al arte es el gran acto volitivo, la voluntad que mueve montañas, la embriaguez de la voluntad portentosa. Siempre los hombres más poderosos han inspirado a los arquitectos; en todos los tiempos el arquitecto ha experimentado la sugestión del poder. La obra de arquitectura, la construcción, debe documentar el orgullo, el triunfo sobre la pesantez, la voluntad de poder; es la arquitectura una especie de elocuencia del poder a través de las formas, ora persuasiva, y aun insinuante, ora simplemente autoritaria. El máximo sentimiento de poder y seguridad se expresa en aquello que tiene gran estilo. El poder que ya no necesita de pruebas; que desdeña agradar; que es tardo en responder; que no sabe de testigos; que vive ajeno al hecho de posibles objeciones; que reposa en sí mismo, fatalista, ley entre leyes, habla de sí como gran estilo.

12

He leído la biografía de Thomas Carlyle, esta farsa inconsciente e involuntaria, esta interpretación heroicomoral de estados dispépsicos. Carlyle, un hombre de palabras y actitudes enfáticas, un reto forzoso acuciado en todo momento por el anhelo de una fe ardiente y el sentimiento de no estar capacitado para ella (¡en esto, un romántico típico!). El anhelo de una fe ardiente no es la prueba de una fe ardiente, sino todo lo contrario. Quien la tiene, puede permitirse el hermoso lujo del escepticismo; es lo suficientemente seguro, sólido y firme para ello. Carlyle aturde algo en sí por el fortissimo de su veneración por los hombres de la fe ardiente y por su rabia con los que no son tan ingenuos; precisa el barullo. Una constante y apasionada falta de probidad consigo mismo, he aquí su propium, aquello por lo cual es y seguirá siendo interesante. En Inglaterra, por cierto, lo admiran precisamente por su probidad... Y como esto es inglés y los ingleses son el pueblo del cant cien por cien, resulta no sólo natural, sino explicable. En el fondo, Carlyle es un ateo inglés que se precia de no serlo.

13

Emerson: Mucho más esclarecido, inquieto, polifacético y refinado que Carlyle; sobre todo, más feliz... Se alimenta instintivamente con ambrosía dejando lo indigesto de las cosas. En comparación con Carlyle, un hombre de buen gusto. Carlyle, quien lo apreciaba mucho, decía de él: "A nosotros no nos da bastante de comer", observación que acaso sea cierta, pero no en detrimento de Emerson. Tiene éste esa alegría serena, afable y espiritual que desmonta toda seriedad; ignora lo viejo que es y lo joven que será aún; podía haber dicho de sí, repitiendo palabras de Lope de Vega: "Yo me sucedo a mí mismo." Su espíritu siempre encuentra razones para estar contento y aun agradecido, y a veces roza la alegre y serena trascendencia de ese buen hombre que volvió de una cita de amor tanquam re tiene gesta: "Ut desint viresdijo agradecido, tamen est laudanda voluptas."

14

AntiDarwin. Por lo que se refiere a la famosa "lucha por la existencia", me parece, por lo pronto, más sostenida que demostrada. Se da, sí; pero como excepción. El aspecto total de la existencia no es el apremio, el hambre, sino, por el contrario, la riqueza, la abundancia y aun el derroche absurdo; donde se lucha, se lucha por poder... No se debe confundir a Malthus con la Naturaleza. Mas suponiendo que se dé esta lucha y se da, en efecto, su desenlace es, por desgracia, justamente el contrario del que desea la escuela darwinista, desfavorable a los fuertes, los privilegiados, los excepcionales. Las especies no progresan en el sentido del perfeccionamiento; una y otra vez los débiles dan cuenta de los fuertes, por ser la abrumadora mayoría y también por ser más inteligentes... Darwin se olvidó del espíritu (¡gesto típicamente inglés!). Los débiles tienen más espíritu... Hay que tener necesidad de espíritu para adquirir espíritu; se pierde si no se le necesita. Quien tiene la fuerza prescinde del espíritu ("¡déjalo! se piensa ahora en Alemania; el Reich ha de quedar" ...). Como se ve, yo entiendo por espíritu la prudencia, la astucia, la paciencia, la simulación, el gran dominio de sí mismo y todo lo que es mimetismo (éste comprende gran parte de la llamada virtud).

15

Casuística de sicólogo. He aquí un conocedor de los hombres; ¿para qué estudia a los hombres? Quiere asegurarse pequeñas o grandes ventajas sobre ellos; ¡es un político! ... Aquel otro también es un conocedor de los hombres y no con fines egoístas. ¡Miradlo más de cerca! ¡Tal vez busque incluso una ventaja más grave: la de sentirse superior a los hombres, tener derecho a mirarlos por encima del hombro, distanciarse de ellos. Este "impersonal" desprecia a los hombres; aquel otro es la más humana de las dos especies, aunque la evidencia parezca demostrar lo contrario, pues, al menos, trata a los hombres en un plano de igualdad, sintiéndose como uno de ellos...

16

El tacto sicológico de los alemanes aparece puesto en tela de juicio por una serie de casos que mi modestia me impide enumerar. En un determinado caso no habrá de faltarme un magno motivo para fundamentar mi tesis: reprocho a los alemanes haberse equivocado con Kant y con la que yo llamo "filosofía de las traspuertas"; esto ciertamente no fue un dechado de probidad intelectual. Otra cosa que me saca de quicio es el fatal "y": los alemanes dicen "Goethe y Schiller"; temo que hasta digan "Schiller y Goethe"... ¿Todavía no se sabe quién fue Schiller? No es éste, por cierto, el "y" más grave; yo mismo he oído, en verdad que sólo de labios de profesores de Universidad, "Schopenhauer y Hartmann"...

17

Los hombres más espirituales, siempre que sean los más valientes, también viven, con mucho, las tragedias más dolorosas; mas por eso mismo exaltan la vida, oponiéndoles su más grave adversidad.

18

A propósito de la "conciencia intelectual". Nada me parece tan raro hoy día como la verdadera hipocresía. Sospecho decididamente que el aire suave de nuestra cultura no conviene a esta planta. La hipocresía es propia de las épocas de fe ardiente, en las que ni aun cuando se estaba forzado a exhibir una fe diferente se renunciaba a la que realmente se alentaba. Hoy día se renuncia a ella, o lo que es aún más corriente, se adopta una segunda fe; en uno y otro caso se es sincero. No cabe duda que en nuestros tiempos son posibles, quiere decir permitidas, quiere decir inofensivas, un número mucho más grande de convicciones que antes. Orígínase así la tolerancia hacia sí mismo.

La tolerancia hacia sí mismo autoriza a tener varias convicciones; éstas conviven pacíficamente, cuidándose mucho, como hoy en día todo el mundo, de comprometerse. ¿Cómo se compromete uno hoy en día? Adoptando una actitud consecuente. Avanzando imperturbable. Siendo un hombre en el que no caben, por lo menos, cinco interpretaciones diferentes. Siendogenuino... Temo mucho que algunos vicios estén condenados a extinguirse simplemente porque el hombre moderno es demasiado cómodo e indolente para seguir con ellos. Todo lo malo determinado por una voluntad fuerte, y tal vez no haya nada malo sin fuerza de voluntad, degenera en virtud en nuestro tibio ambiente... Los pocos hipócritas que he conocido imitaban la hipocresía; eran, como hoy en día casi todo el mundo, comediantes.

19

Bello y feo. Nada hay tan condicionado, digamos tan restringido, como nuestro sentimiento de lo bello. Quien pretende concebirlo desligado del goce que el hombre libra del hombre, deja al momento de pisar terreno firme. Lo "bello en sí" es un mero concepto; no es ni siquiera un concepto. En lo bello, el hombre se establece a sí mismo como criterio de perfección; en casos selectos, se adora a sí mismo en lo bello. Una especie no puede por menos de decir sí exclusivamente a sí misma de esta manera. Su instinto más soterrado, el de conservación y expansión del propio ser, irradia aun en tales sublimidades. El hombre cree el mundo mismo colmado de belleza; se olvida que él es la causa. Él lo ha obsequiado con belleza, ¡ay ¡ sólo con una belleza muy humana, demasiado humana.

En el fondo, el hombre se refleja en las cosas; tiene por bello todo lo que le devuelve su propia imagen. El juicio "bello" es su vanidad genérica... Pues al escéptico bien puede un leve recelo susurrarle al oído: ¿de veras queda embellecido el mundo por el hecho de que el hombre lo tenga por bello? Lo ha humanizado; esto es todo. Mas nada, absolutamente nada, nos autoriza para creer que precisamente el hombre sea el modelo de lo bello. ¿Quién sabe cómo se presenta a los ojos de un juez superior del gusto? ¿Acaso atrevido? ¿Acaso divertido? ¿Acaso un tanto arbitrario?... "Oh Dionisos, divino, ¿por qué me tiras de las orejas?", preguntó Ariadna a su amante filosófico en ocasión de uno de esos célebres diálogos en Naxos. "Es que tus orejas me causan gracia, Ariadna; ¿quizá por qué no son aún más largas?"

20

Nada es bello, sólo el hombre es bello: en esta ingenuidad descansa toda estética; ella es la verdad primordial de la estética. Agreguemos a renglón seguido otra segunda: nada hay tan feo como el hombre degenerado; queda así delimitado el reino del juicio' estético. Desde el punto de vista fisiológico, todo lo feo debilita y apesadumbra al hombre. Le sugiere quebranto, peligro e impotencia; le ocasiona efectivamente una pérdida de fuerza. Cabe medir el efecto de lo feo con el dinamómetro. Cuando quiera que el hombre experimente un abatimiento, sospecha la proximidad de algo "feo". Su sentimiento de poder, su voluntad de poder, su valentía, su orgullo, se merman por obra de lo feo y aumenta por obra de lo bello... En uno y otro caso sacamos una conclusión: las premisas correspondientes están acumuladas en inmensa cantidad en el instinto. Lo feo es entendido como señal y síntoma de la degeneración; todo lo que siquiera remotamente sugiere degeneración determina en nosotros el juicio "feo". Todo indicio de agotamiento, de pesadez, de vejez y cansancio; toda clase de coerción, bajo forma de espasmo o paralización; en particular, olor, color y forma de la desintegración, de la podredumbre, aunque sea en su dilución última en símbolo; todo esto provoca idéntica reacción, el juicio de valor "feo". Manifiéstase aquí un odio, ¿y qué es lo que odia el hombre? No cabe duda que la decadencia de su tipo. Odia en este caso llevado por el instinto más profundo de la especie. En este odio hay estremecimiento de horror, cautela, profundidad y visión; es el odio más profundo que puede darse. Por él es el arte profundo...

21

Schopenhauer. Schopenhauer, el último alemán que cuenta (por ser un acontecimiento europeo, como Goethe, como Hegel, como Heinrich Heine, y no tan sólo un acontecimiento local, "nacional"), es para el sicólogo un caso de primer orden, en cuanto tentativa maligna, pero genial de movilizar, con miras a una desvalorización total nihilista de la vida, precisamente las contrainstancias, las grandes autoafirmaciones de la "voluntad de vida", las formas exuberantes de ella. En efecto, interpretó, uno por uno, el arte, el heroísmo, el genio, la belleza, el gran sentimiento de simpatía, el conocimiento, la voluntad de verdad y la tragedia como consecuencias de la "negación" o la necesidad de negación, de la "voluntad": la más grande sofisticación sicológica que conoce la historia, abstracción hecha del cristianismo. Bien mirado, con esto Schopenhauer no es sino el heredero de la interpretación cristiana; sólo que supo aprobar hasta lo que el cristianismo repudia, los grandes hechos culturales de la humanidad, en un sentido cristiano, esto es, nihilista (o sea, como caminos de "redención", como formas preliminares de la "redención", como estimulantes del anhelo de "redención"...).

22

Consideraré un caso particular. Habla Schopenhauer de la belleza con un ardor melancólico. ¿Por qué, en definitiva? Porque la tiene por un puente sobre el cual se va más lejos o se experimenta el anhelo de ir más allá... Se le aparece como algo que por un momento redime de la "voluntad"; como algo que incita a redimirse de una vez por todas... La ensalza en particular como lo que redime del "foco de la voluntad", de la sexualidad; considera que ella implica la negación del instinto sexual... ¡Qué santo más raro! Alguien le contradice; temo que sea la Naturaleza. ¿Por qué hay belleza en sonido, color, fragancia y movimiento rítmico en la Naturaleza? ¿Qué es lo que fuerza la manifestación de lo bello? Afortunadamente, le contradice también un filósofo. Nada menos que el divino Platón (y así le llama el propio Schopenhauer) sostiene una tesis diferente: que toda la belleza excita el instinto sexual; que en esto reside precisamente su efecto específico, desde la máxima sensualidad hasta la máxima espiritualidad...

23

Platón va más allá. Con un candor muy heleno, incompatible con el "cristiano", afirma que no habría ninguna filosofía platónica si no hubiese en Atenas tantos jóvenes hermosos; que sólo la vista de estos jóvenes sume el alma del filósofo en una embriaguez erótica y que no se libra hasta no haber plantado en tan hermoso suelo la semilla de todas las cosas elevadas. ¡ Otro santo muy raro! Uno se resiste a dar crédito a sus oídos, aun en el supuesto de que se diera crédito a Platón. Se adivina, en todo caso, que en Atenas se filosofaba de una manera diferente, sobre todo en público. Nada hay tan antiheleno como la sutilización conceptual de un solitario, amor intellectualis dei al modo de Spinoza. La filosofía al modo de Platón corresponde definirla más bien como rivalidad erótica, como evolución y profundización de la antigua gimnasia agonal y sus premisas... ¿Qué surgió, por último, de este erotismo filosófico de Platón? Una nueva modalidad artística del agon heleno, la dialéctica. Para terminar, recordaré, en oposición a Schopenhauer y en honor de Platón, que también toda la cultura y literatura superiores de la Francia clásica han nacido en el suelo del interés sexual. Cabe buscar en ellas por doquier la galantería, los sentidos, la rivalidad sexual, la "mujer"; no se buscará nunca en vano...

24

L'art pour l'art. La lucha por el fin en el arte es siempre la lucha contra la tendencia a la moralización en el arte, contra su subordinación a la moral. L'art pour l'art quiere decir: "¡que se vaya al diablo la moral!" Mas aun esta hostilidad revela el imperio del prejuicio. Una vez excluido del arte el fin de la moralización y del perfeccionamiento de los hombres, no por eso el arte carece necesariamente de fin, meta y sentido y es necesariamente l'art pour l'artun gusano que se muerde la cola. "¡Ni fin moral, ni fin alguno!', así habla la pura pasión. El sicólogo, en cambio, pregunta: ¿qué hace todo arte?, ¿no elogia?, ¿no exalta?, ¿no escoge?, ¿no destaca? Con todo esto, robustece o debilita determinadas valoraciones... ¿Se trata tan sólo de una cosa accidental?, ¿de una casualidad?, ¿de algo en que el instinto del artista no interviene para nada? ¿O bien de la idea del poder del artista?... El instinto más profundo del artista, ¿tiende al arte?, ¿no tiende al sentido del arte, a la vida?, ¿a un ideal de vida? Si el arte es la gran incitación a la vida, ¿cómo considerarlo carente de fin y meta, de acuerdo con l'art pour l'art? Sigue entonces en pie este interrogante: el arte plasma también muchas cosas feas, duras y problemáticas de la vida. ¿Se aparta de ella? Y, en efecto, ha habido filósofos que le daban este sentido. Schopenhauer enseñaba como propósito total del arte: "liberarse de la voluntad", y ensalzaba "inducir a la resignación" como la gran utilidad de la tragedia. Pero esto, según ya lo di a entender, es óptica de pesimista y "mal de ojo"; hay que apelar a los artistas mismos. ¿Qué comunica el artista trágico de su intimidad? ¿No exhibe él precisamente el estado exento de miedo ante lo pavoroso y problemático? En este estado es una aspiración elevada; quien lo conoce le rinde los máximos honores. Lo comunica, no puede por menos de comunicarlo, siempre que sea un artista, un genio de la comunicación. La valentía y libertad del sentimiento ante un enemigo poderoso, ante una sublime desventura, ante un problema que sobrecoge; este estado triunfante es el que elige y exalta el artista trágico. Ante la tragedia, lo que hay de guerrero en nuestra alma celebra sus saturnales; quien está acostumbrado a sufrir y va en procura del sufrimiento, el hombre heroico, con la tragedia ensalza su existencia; únicamente a él sirve lo trágico la bebida de esta dulcísima crueldad.

25

Conformarse con los hombres, tener casa abierta con su corazón es liberal, pero nada más que liberal. Los corazones capaces de la hospitalidad aristocrática se los reconoce por las muchas ventanas cubiertas y postigos cerrados; tienen desocupadas sus mejores estancias. ¿Por qué? Porque esperan a huéspedes con los que uno no "se conforma"...

26

Ya no nos apreciamos lo suficiente si nos comunicamos. Nuestras experiencias propiamente dichas no son en modo alguno locuaces. Ni siquiera podrían comunicarse, pues les faltan las palabras. Lo que sabemos expresar en palabras, ya lo hemos dejado atrás. En todo hablar hay algo de desprecio. Parece que el lenguaje está inventado únicamente para lo ordinario, lo medio, lo comunicable. Con el lenguaje se vulgariza el que habla. (De una moral para sordomudos y otros filósofos.)

27

"¡Es encantadora esta imagen!"... La historia, insatisfecha, excitada, desolada en el corazón y las entrañas, pendiente en todo momento, con una curiosidad dolorosa, del imperativo que desde las profundidades de su organismo susurra "aut liberi aut libri"; la literata, lo suficientemente culta para entender la voz de la Naturaleza, incluso cuando habla en latín, y, por otra parte, lo suficientemente vanidosa y estúpida para decir aun en francés para sus adentros "je me verrai, je me lirai, je m'extasierai et je dirai: Possible, que j'aie eu tant d'esprit?"

28

Hablan los "impersonales". "Nada nos es tan fácil como ser sabios, pacientes, superiores y serenos. Chorreamos aceite de indulgencia y simpatía; somos de una manera absurda justos; perdonamos todo. Por eso mismo debiéramos desarrollar en nosotros de tanto en tanto un pequeño afecto, un pequeño vicio de afecto. Tal vez nos cueste; tal vez nos riamos, entre nosotros, de la figura que encarnamos. Pero no tenemos más remedio. No nos queda ya ninguna otra forma de autodisciplina; tal es nuestro ascetismo, nuestra penitencia"... Volverse personal, he aquí la virtud del "impersonal"...

29

De un examen de doctorado. "¿Cuál es la tarea de toda enseñanza superior?" Hacer del hombre una máquina. "¿Cómo se consigue esto?" El hombre debe aprender a aburrirse. "¿Cómo se consigue esto?" Mediante la noción del deber. "¿Quién es su modelo en esta ocasión?" El filólogo, que enseña a trabajar como un burro. "¿Quién es el hombre perfecto?" El empleado del Estado. "¿Qué filosofía ofrece la fórmula suprema para el empleado del Estado?" La de Kant el empleado del Estado como cosa en sí, proclamado juez del empleado del Estado como apariencia.

30

El derecho a la estupidez. El trabajador cansado de lento respirar y aire bonachón que , deja correr las cosas; esta figura típica que uno encuentra ahora, en esta época del trabajo (¡y del Reich!) en todas las capas de la sociedad, reivindica hoy día precisamente el arte, incluido el libro, en particular el diario; júzguese en cuánto mayor grado la bella Naturaleza reivindica a Italia... El hombre del atardecer, con los "impulsos fieros expirados", de que habla Fausto, tiene necesidad del lugar de veraneo, de la playa de mar, de los ventisqueros, de Bayreuth... En tiempos así, el arte tiene derecho a la locura pura, como una especie de vacaciones para el espíritu, el ingenio y el ánimo. Así lo entendió Wagner. La locura pura repone...

31

Otro problema de la dieta. Los medios a que recurrió Julio César para defenderse de los achaques y los dolores de cabeza: marchas formidables, un régimen de vida en extremo sencillo, vida permanente al aire libre y penurias constantes son, en el plano general, las medidas de conservación y protección contra la vulnerabilidad extrema de esa máquina delicada y sometida a máxima presión que se llama genio.

32

Habla el inmoralista. Nada repugna tanto al filósofo como el hombre que desea... Cuando ve al hombre exclusivamente en sus actos; cuando ve a este animal más valiente, astuto y denodado extraviado hasta en trances laberínticos, ¡cuán admirable se le aparece el hombre! Y aun lo alienta... Desprecia el filósofo, en cambio, al hombre que desea, también al hombre "deseable", y en un plano general, todas las deseabilidades, todos los ideales humanos. Si el filósofo pudiese ser nihilista lo sería, pues detrás de todos los ideales del hombre encuentra la nada. O ni siquiera la nada, sino lo ruin, lo absurdo, lo enfermo, lo cobarde, lo cansado, toda clase de heces de la copa vaciada de su vida... El hombre, que en tanta realidad es siempre vulnerable, ¿cómo es que no merece respeto en cuanto desea? ¿Será que tiene que pagar por la capacidad que lo distingue como realidad?, ¿que tiene que compensar su actividad, la tensión mental y el esfuerzo de voluntad en toda actividad, por una relajación en lo imaginario y lo absurdo?

Hasta ahora la historia de los ideales ha sido la partie honteuse del hombre; hay que procurar no leer en ella demasiado tiempo. Lo que justifica al hombre es su realidad; ésta lo justificará eternamente. ¿Cuánto más vale el hombre real` en comparación con cualquier hombre tan sólo deseado, soñado, inventado y mentido?, ¿con cualquier hombre ideal? Sólo por ello el hombre ideal repugna al filósofo.

33

Valor natural del egoísmo. El egoísmo vale lo que vale fisiológicamente el que lo practica; puede valer mucho, pero puede también ser ruin y despreciable. Ante cada individuo cabe preguntar si representa la curva ascendente o la descendente de la vida. Esta dilucidación proporciona al mismo tiempo el canon para determinar el valor de su egoísmo. Si representa la curva ascendente, su valor ciertamente es extraordinario, y por la vida total que con él da un paso más hacia adelante se justifica incluso la preocupación extrema por sobrevivir, por crear su optimum de condiciones. El "individuo", tal como el vulgo y el filósofo lo han entendido hasta ahora, es un error no es nada por sí; no es un átomo, un "eslabón de la cadena"; no es nada meramente transmitido en herencia; es también todo el único linaje humano anterior a él... Si representa la curva descendente, la decadencia, la degeneración, enfermedad crónica (las enfermedades son, en definitiva, consecuencias de la decadencia, no sus causas), tiene poco valor y la equidad elemental exige que quite lo menos posible a los íntegros y cabales. Ya no es más, en definitiva, que su parásito...

34

Cristiano y anarquista. El anarquista, como portavoz de capas décadents de la sociedad, reivindica con hermosa indignación "justicia" e "igualdad de derechos", se halla bajo la presión de su ignorancia, no sabe comprender por qué sufre y, en definitiva, es pobre en vida... Obra en él un impulso causal: alguien debe tener la culpa de su mala situación... Por otra parte, su enorme indignación le hace bien; es un placer lanzar diatribas en nombre de todos los pobres diablos, ya que proporciona una pequeña embriaguez de poder. La sola queja, el solo hecho de quejarse, confiere a la vida un encanto que la hace llevadera; en toda queja hay una dosis sutil de venganza, uno reprocha su malestar, eventualmente hasta su maldad, como si fuese una injusticia, un privilegio ilícito, a los que no comparten su condición. "Si yo soy canaille, tú también debes serlo"tal es la lógica que inspira la revolución. La queja nunca vale nada, es un producto de la debilidad. Lo mismo da, en definitiva, que uno eche la culpa de su malestar a otros, como el socialista, o a sí mismo, como, por ejemplo, el cristiano; lo que en los dos casos hay de común y de indigno es que hacen a alguien responsable de su sufrimiento; en una palabra, que el que sufre se receta contra su sufrimiento la miel de la venganza. Los objetos de esta necesidad de venganza, que viene a ser una necesidad de placer, son causas accidentales; el que sufre encuentra por doquier motivos para satisfacer su mezquino afán vindicativo; si es cristiano, los encuentra, como queda dicho, en sí mismo... Tanto el cristiano como el anarquista son décadents. Mas también el cristiano, cuando repudia, difama y vitupera al "mundo", lo hace llevado por el afán que impulsa al trabajador socialista a repudiar, difamar y vituperar la sociedad; aun el "juicio final" es el dulce consuelo de la venganza, la revolución deseada por el trabajador socialista, proyectada en un futuro un tanto más lejano... El propio "más allá", ¿no es en el fondo un medio de difamar este mundo? ...

35

Crítica de la moral de decadencia. Una moral "altruista", una moral que comporta la atrofia del egoísmo, es bajo todas las circunstancias una mala señal, respecto a los individuos y, en particular, respecto a los pueblos. Falla lo mejor si empieza a fallar el egoísmo. Optar instintivamente por lo que lo perjudica a uno, sentirse atraído por motivos "desinteresados", es casi la fórmula de la decadencia. "No buscar su propia ventaja" es tan sólo la hoja de parra moral para disimular esta realidad muy diferente, esto es, fisiológica: "No soy ya capaz de encontrar mi propia ventaja"... ¡Disgregación de los instintos! Cuando un hombre se vuelve altruista, quiere decir que está perdido. En vez de decir ingenuamente: "Yo ya no sirvo para nada", dice la mentira moral por boca del décadent: "Nada vale nada; la vida no vale nada..." Tal juicio constituye, en definitiva, un grave peligro, pues es contagioso; no tarda en proliferar por toda la extensión del suelo mórbido de la sociedad, hasta quedar transformado en una tupida vegetación conceptual, ya como religión (cristianismo) o como filosofía (schopenhauerianismo). Tal vegetación venenosa, brotada de la podredumbre, es susceptible de infectar con sus miasmas vastas áreas de la vida por espacio de milenios...

36

Moral para médicos. El enfermo es un parásito de la sociedad. En un determinado estado resulta indecente seguir con vida. Debiera sentir la sociedad un desprecio profundo por quien arrastra una existencia precaria en cobarde dependencia de médicos y practicantes, una vez perdido el sentido de la vida, el derecho a la vida. Los médicos, por su parte, debieran ser los agentes de este desprecio, procurando en vez de recetas una renovada dosis de asco a su paciente... Hay que crear una responsabilidad nueva, la del médico, para todos los casos en que el interés supremo de la vida, de la vida ascendente, exige la represión implacable de la vida degenerada; por ejemplo, respecto al' derecho a la procreación, al derecho de nacer, al derecho de vivir... Morir de una muerte orgullosa, cuando ya no es posible vivir una vida orgullosa. Optar por la muerte espontánea y oportuna, consumada con claridad y alegría, rodeado de hijos y testigos, de suerte que es todavía posible una verdadera despedida donde está todavía ahí el que se despide, así como una verdadera apreciación de lo realizado y lo intentado, un balance de la vida, en oposición a la miserable y pavorosa farsa en que el cristianismo ha convertido la hora postrera. ¡No debiera perdonarse jamás al cristianismo haber abusado de la debilidad del moribundo para hacer violencia a la conciencia, de la forma de la muerte para valorar al hombre y su pasado! En este punto, frente a todas las cobardías del prejuicio, corresponde establecer, ante todo, la apreciación correcta, esto es, fisiológica, de la llamada muerte natural, que a su vez no es, en definitiva, sino una muerte "antinatural", un suicidio. Nadie muere por culpa ajena, sino únicamente por culpa propia. Sólo que ella es la muerte que se produce en las circunstancias más despreciables: una muerte impuesta, a destiempo, una muerte cobarde. Por amor a la vida se debiera procurar una muerte diferente: libre, consciente, sin contingencia ni coerción... Por último, he aquí un consejo dirigido a los señores pesimistas y demás décadents. No está en nuestro poder no nacer, pero sí nos es dable subsanar lo que a veces resulta efectivamente un defecto. Quien se elimina realiza algo respetable; quien hace esto, casi merece vivir... La sociedad, ¡qué digo!, la vida misma se beneficia con semejante gesto más que con cualquier "vida" vivida con resignación, anemia y otras virtudes; se ha quitado de la vista de los demás, convirtiéndose en una objeción a la vida... El pesimismo pur, vert, sólo queda probado por la autorrefutación de los señores pesimistas; hay que avanzar un paso más en su lógica, negar la vida no sólo con "voluntad y representación", como lo hizo Schopenhauer, sino negando primero a Schopenhauer... El pesimismo, dicho sea de paso, a pesar de ser contagioso, no acrecienta la morbosidad de una época, de una raza, en su conjunto; es la expresión de la misma. Se cae en él como en el cólera, que sólo ataca al que está predispuesto. El pesimismo no aumenta el número de los décadents; recuérdense también las estadísticas según las cuales los años en que causa estragos el cólera no se diferencian de los otros años respecto al número total de fallecimientos.

¿Hemos progresado en moralidad? Como era de esperar, contra mi concepto "más allá del bien y del mal" se ha alzado toda la ferocidad del entontecimiento moral, confundida en Alemania con la moral misma; podría contar cosas muy sugestivas al respecto. Sobre todo, se me hizo notar la "superioridad innegable" de nuestra época respecto al juicio moral, al progreso efectivamente realizado por nosotros en este terreno, señalando que es de todo punto inadmisible aceptar la comparación de Cesare Borgia con nosotros, como "hombre superior", como una especie de superhombre, según yo he afirmado... Un redactor suizo del Bund, al rendir homenaje a la valentía de tan arriesgada iniciativa, llegó hasta a "entender" el sentido de mi obra como cruzada por la abolición de todos los sentimientos decentes. ¡Muchas gracias! A modo de respuesta, me permito plantear el interrogante de si realmente hemos progresado en moralidad.

El hecho de que todo el mundo reconozca semejante progreso basta, en realidad, para ponerlo en tela de juicio... Los hombres modernos, muy delicados, muy vulnerables, perdidas mil contemplaciones, creemos, en efecto, que esta tierna humanidad que representamos, este acuerdo logrado en la consideración, la solicitud y la mutua confianza es un progreso positivo; que con esto somos muy superiores a los hombres del Renacimiento. Así piensa, porque no puede menos de pensar, toda época. Lo cierto es que debía estarnos vedado situarnos, siquiera mentalmente, en estados de cosas renacentistas; nuestros nervios, y no digamos nuestros músculos, no soportarían semejante realidad. Mas esta incapacidad no prueba un progreso, sino tan sólo un natural diferente, más tardío; uno más débil, más tierno, más vulnerable, del que necesariamente deriva una moral pródiga en contemplaciones. Si descontamos mentalmente nuestra condición delicada y tardía, nuestro envejecimiento fisiológico, nuestra moral de la "humanización" pierde al instante su valor, ninguna moral tiene valor por sí; hasta se nos aparecerá despreciable. No dudamos, por otra parte, de que los modernos, con nuestra humanidad acolchada, ansiosa de no golpearse contra ninguna piedra, seríamos para los contemporáneos de Cesare Borgia un espectáculo en extremo ridículo. En efecto, sin quererlo, somos pintorescamente graciosos con nuestras "virtudes" modernas... La merma de los instintos hostiles y susceptibles de despertar recelo, y tal es, en definitiva, nuestro "progreso", no es sino una de las consecuencias de la merma general de la vitalidad; salvaguardar una existencia tan condicionada, tan tardía, requiere cien veces más esfuerzo y cautela que antes. Entonces, los hombres se ayudan unos a otros; entonces, cada cual es hasta cierto punto enfermo y cada cual es enfermero. Entonces, a esto se llama "virtud", entre hombres que conocían una vida distinta, más plena, más pletórica y portentosa, se le habría llamado de otro modo: "cobardía" acaso, "vileza", "moral de viejas"... Nuestra suavización de las costumbres, tal es mi tesis, y si se quiere, mi innovación, es una consecuencia de la decadencia; la dureza y violencia de las costumbres, en cambio, bien puede ser la consecuencia de un excedente de vitalidad: pues en tal caso mucho puede ser arriesgado, mucho desafiado, mucho también derrochado. Lo que en un tiempo fue condimento de la vida, para nosotros sería veneno... Somos también demasiado viejos, demasiado tardíos, como para ser indiferentes, lo cual es asimismo una forma de la fuerza. Nuestra moral de la simpatía, contra la cual siempre he prevenido, aquello que pudiera llamarse l'impressionisme morale, es una expresión más de la irritabilidad fisiológica propia de todo lo decadente. Ese movimiento que con la moral schopenhaueriana de la compasión ha hecho una tentativa de presentarse envuelto en ropaje científico, ¡tentativa muy desafortunada, por cierto!, es el movimiento de la decadencia propiamente dicho en la moral, y como tal íntimamente afín a la moral cristiana. Las épocas fuertes, las culturas aristocráticas, desprecian la compasión, el "amor al prójimo", la falta de propio ser y de conciencia del propio ser. A las épocas hay que juzgarlas por sus fuerzas positivas, y entonces aquella época derrochadora y pródiga en fatalidad del Renacimiento aparece como la última época grande, y la de nosotros, los modernos, con nuestro enervado cuidado de nuestra propia persona y amor al prójimo, con nuestras virtudes de la laboriosidad, la sencillez, la ecuanimidad y el rigor científico, recopiladores, económicos, maquinales, como una época débil... Nuestras virtudes están condicionadas, provocadas por nuestra debilidad... La "igualdad", cierta igualación efectiva que en la teoría de la "igualdad de derechos" no hace más que formularse, es un rasgo esencial de la decadencia; en cambio, la diferencia entre los individuos y las clases, la multiplicidad de los tipos, la voluntad de individualidad y diferenciación, aquello que yo llamo el pathos de la distancia jerárquica, es propio de todas las épocas fuertes. La tensión y envergadura entre los extremos disminuyen ahora sin cesar; los extremos mismos terminan por desdibujarse hasta el punto de confundirse... Todas nuestras teorías políticas y Constituciones, el "Reich alemán" inclusive, son conclusiones, consecuencias lógicas de la decadencia; la gravitación inconveniente de la décadence ha llegado a prevalecer hasta en los ideales de las distintas ciencias. Mi objeción contra toda la sociología inglesa y francesa es que conoce por experiencia únicamente las formas de una sociedad decadente y con todo candor toma los propios instintos de la decadencia como norma del juicio de valor sociológico. La vida descendente, la merma de toda fuerza organizadora, esto es, separadora, diferenciadora, jerarquizante, se formula en la sociología de ahora como ideal... Nuestros socialistas son un montón de décadents; pero también el señor Herbert Spencer es un décadent: ¡juzga deseable, por ejemplo, el triunfo del altruismo. ...

38

Mi noción de la libertad. A veces el valor de una cosa no reside en lo que con ella se consigue, sino en lo que por ella se paga, en lo que nos cuesta. Consignaré un ejemplo. Las instituciones liberales, una vez impuestas dejan de ser pronto liberales; posteriormente, nada daña en forma tan grave y radical la libertad como las instituciones liberales. Sabidos son sus efectos: socavan la voluntad de poder, son la nivelación de montaña y valle elevada al plano cie la moral, empequeñecen y llevan a la pusilanimidad y a la molicie; con ellas triunfa siempre el hombrerebaño. El liberalismo significa el desarrollo del hombrerebaño... Las mismas instituciones, mientras se brega por ellas, producen muy otros efectos; entonces promueven, en efecto, poderosamente la libertad. Bien mirado, es la guerra la que produce estos efectos; la guerra librada por instituciones liberales, que como guerra perpetúa los instintos antiliberales. Y la guerra educa para la libertad. Pues ¿qué significa libertad? Que se tiene la voluntad de responsabilidad personal. Que se mantiene la distancia jerárquica que diferencia. Que se llega a ser más indiferente hacia la penuria, la dureza, la privación y aun hacia la vida. Que se está pronto a sacrificar en aras de su causa vidas humanas, la propia inclusive. Significa la libertad que los instintos viriles, guerreros y triunfantes privan sobre otros instintos, por ejemplo, los de la "felicidad". El hombre libertado, y, sobre todo, el espíritu libertado, pisotea el despreciable bienestar con que sueñan mercachifles, cristianos, vacas, mujeres, ingleses y demás demócratas. El hombre libre es un guerrero.

¿Cuál es el criterio de la libertad en los individuos y los pueblos? La resistencia que es preciso superar, el esfuerzo que demanda el mantenerse arriba. El tipo más alto de hombres libres debiera buscarse allí donde continuamente se supera la resistencia más grande a dos pasos de la tiranía, a un tris del trance de caer en la servidumbre. Esto es sicológicamente cierto si aquí se entiende por los "tiranos" instintos implacables y terribles que desafían contra sí el maximum de autoridad y disciplina: el tipo más hermoso es Julio César, y es también políticamente cierto, como lo prueba la historia. Ningún pueblo importante que llegó a ser un pueblo de valía, llegó a serlo bajo instituciones liberales; el grave peligro hizo de él algo dignó de veneración: el peligro que nos da la noción de nuestros recursos, nuestras virtudes, nuestras armas, nuestro espíritus que nos obliga, en suma, a ser fuertes... Primer axioma: hay que estar obligado a ser fuerte o si no, no se lo es nunca. Esos grandes semilleros del hombre fuerte, del tipo humano más fuerte que se ha dado jamás, las comunidades aristocráticas al estilo de Roma y Venecia, entendían la libertad exactamente en el sentido en que yo entiendo la palabra "libertad": como algo que se tiene y no se tiene, que se quiere, que se conquista...

39

Crítica del modernismo. Todo el mundo conviene en que nuestras instituciones ya no sirven para nada. Pero la culpa no la tienen ellas, sino nosotros. Tras haber perdido todos los instintos de los que surgen las instituciones, perdemos las instituciones porque ya no servimos para ellas. Siempre el modernismo ha sido la forma de decadencia del poder de organización; ya en Humana, demasiado humano I, 349, he definido la democracia moderna, junto con sus cosas a medio hacer, como el "Reich alemán", como forma de decadencia del Estado. Para que haya instituciones debe haber un tipo de voluntad distinto, imperativo, antiliberal hasta el summum: la voluntad de tradición, de autoridad de responsabilidad ante centurias por venir, de solidaridad de cadenas de generaciones hacia adelante y hacia atrás in infinitum. Si existe tal voluntad, se establece algo como el Imperio Romano o como Rusia, la única potencia que hoy tiene duración, que puede esperar, que puede aún dar promesas; Rusia, la antítesis de la miserable fragmentación y nerviosidad de Europa, que han hecho crisis con la fundación del Reich alemán... Todo el Occidente ha perdido esos instintos de los que surgen las instituciones, de los que surge el porvenir: no hay acaso nada tan reñido con su "espíritu moderno". Se vive para el hoy, muy de prisa; se vive de una manera muy irresponsable: precisamente a esto se le llama "libertad". Lo que convierte en instituciones las instituciones es despreciado, odiado, repudiado; en cuanto se pronuncia la palabra "autoridad" se cree correr peligro de caer en una nueva esclavitud. A tal extremo llega la decadencia en el instinto valorativo de nuestros políticos, de nuestros partidos políticos: prefieren instintivamente lo que desintegra, lo que acelera el proceso... Testimonio de ello es el matrimonio moderno. Éste claramente ha perdido su buen sentido; mas esto no constituye una objeción contra el matrimonio, sino contra el modernismo. Radicaba el buen sentido del matrimonio en la responsabilidad jurídica exclusiva del hombre, la que aseguraba equilibrio al matrimonio, el cual hoy cojea de ambas piernas. Radicaba el buen sentido del matrimonio en su indisolubilidad fundamental, la que le confería un acento que sabía hacerse oír frente a la contingencia de sentimiento, pasión y momento. Radicaba asimismo en la responsabilidad de las familias por la selección de los cónyuges. Con la creciente indulgencia en favor del casamiento por amor se ha eliminado de hecho el fundamento del matrimonio, aquello que hace de él una institución. No se funda jamás una institución sobre una idea; no se funda el matrimonio, como queda dicho, sobre el "amor", sino sobre el instinto sexual, el instinto de propiedad (mujer e hijo como .propiedad), el instinto de dominación, que constantemente organiza el señorío más pequeño, la familia, y necesita de hijos y herederos para mantener también fisiológicamente un grado logrado de poder, influencia y riqueza; para preparar largas tareas, solidaridad instintiva a través de centurias. El matrimonio como institución implica ya la afirmación de la forma de organización más grande, más perdurable; si la sociedad misma no puede dar garantías, como un todo, hasta las generaciones más remotas, el matrimonio no tiene sentido. El matrimonio moderno ha perdida su sentido; en consecuencia, debe procederse a abolirlo.

40

La cuestión obrera. La estupidez, en el fondo; la degeneración de los instintos, que hoy día es la causa de todas las estupideces, reside en que exista una cuestión obrera. Hay cosas de las que no se hace cuestión: imperativo primordial del instinto. Yo no veo en absoluto qué quiere hacerse con el obrero europeo, una vez que se le ha convertido en cuestión. Se encuentra en una situación demasiado ventajosa como para no plantear su cuestión de una manera cada vez más categórica e imperiosa. Cuenta, en definitiva, con la ventaja de la superioridad numérica. Se ha desvanecido por completo la esperanza de que en el obrero se cristalice como clase un tipo humano modesto y que se baste a él mismo, lo cual hubiera tenido sentido, pues resulta francamente necesario. ¿Qué se ha hecho? Se ha hecho todo por matar en germen hasta la idea de tal evolución; por obra de la más irresponsable despreocupación y ligereza se ha causado la destrucción total de los instintos, gracias a los cuales el obrero es factible, factible para sí mismo, como clase. Se ha desarrollado en el obrero la capacidad militar, se le ha acordado el derecho de coalición, el sufragio; no es de extrañar así que el obrero sienta en realidad su existencia como un apremio (moralmente hablando, como una injusticia). ¿Qué es lo que, en definitiva, se quiere? Si se intenta un fin, hay que procurar también los medios conducentes a su logro; si se quiere esclavos, es una locura educarlos para amos.

41

"Libertad a que yo no aspiro..." En tiempos como los actuales, estar librado a los instintos es una fatalidad más. Estos instintos se contradicen, se obstruyen y se destruyen unos a otros; yo defino lo moderno como la contradicción fisiológica consigo mismo. La razón, la educación, exigiría que bajo una presión férrea se paralizara, por lo menos, uno de estos sistemas de instintos para permitir a otro expandirse, adquirir fuerza y llegar a prevalecer. Hoy día debiera hacerse posible al individuo podándolo: posible quiere decir íntegro... Sin embargo, suele hacerse justamente lo contrario: los que con más vehemencia reivindican la independencia, el desarrollo libre de trabas, el laisser aller, son precisamente los que más tienen de rienda y freno, lo mismo in politicis que en arte. Mas se trata de un síntoma de la decadencia; nuestra noción moderna de la "libertad" es una prueba más de la degeneración de los instintos.

42

Donde hace falta la fe. Nada hay tan raro entre moralistas y santos como la probidad; tal vez afirmen lo contrario y es posible que hasta lo crean. Pues cuando creer es más útil, eficaz y convincente que fingir de modo consciente, el fingimiento, por instinto, no tarda en tornarse inocencia: tesis capital para la comprensión de los grandes santos. También en el caso de los filósofos, tipo diferente de santos; es un "gaje del oficio" eso de admitir solamente determinadas verdades, esto es, aquellas en base a las cuales su oficio cuenta con la sanción pública; en el lenguaje de Kant: verdades de la razón práctica. Saben lo que deben demostrar; en esto son gente práctica; el acuerdo sobre "las verdades" es el signo por el cual se reconocen. "No mentirás" significa, en definitiva: cuidado, señor filósofo, con decir la verdad...

43

Una sugestión para los conservadores. He aquí algo que antes no se supo y ahora se sabe: no es posible la regresión, el retorno, en ningún sentido ni grado. Los fisiólogos, por lo menos, lo sabemos. Mas todos los sacerdotes y moralistas han creído en esta posibilidad; pretendían retraer a la humanidad por la fuerza a una medida anterior de virtud. La moral siempre ha sido un lecho de Procusto. Hasta los políticos han seguido en esto las huellas de los predicadores de la virtud; hay aún partidos que sueñan con la regresión de todas las cosas. Sin embargo, nadie está en libertad de retroceder. Quiérase o no, hay que avanzar, quiere decir, avanzar paso a pasó por el camina de la décadence (tal es mi definición del moderno "progreso"...). Se puede poner trabas a esta evolución y así estancar, acumular, hacer más vehemente y fulminante la degeneración misma, aunque no se pueda hacer más.

44

Mi concepto del genio. Los grandes hombres, como las grandes épocas, son explosivos donde está acumulado un poder tremendo; su propósito es siempre, en el orden histórico y el fisiológico, que durante largo tiempo se haya concentrado, acumulado, ahorrado y preservado con miras a ellos; que durante largo tiempo no haya ocurrido ninguna explosión. Cuando la tensión en la masa se ha hecho excesiva, basta el estímulo más casual para producir el "genio", la "magna realización", el gran destino. ¡Qué importa entonces el ambiente, la época, el "espíritu de la época", la "opinión pública"! Veamos el caso de Napoleón. La Francia de la Revolución, y sobre todo la de antes de la Revolución, hubiera producido el tipo opuesto al de Napoleón; y lo produjo, en efecto. Y porque Napoleón fue diferente, heredero de una civilización más fuerte, más larga, más antigua que aquella que se venía abajo en Francia, llegó a ser amo, fue únicamente el amo. Los grandes hombres son necesarios, la época en que se presentan es accidental; el que casi siempre lleguen a dominarla depende sólo de que sean más fuertes, más antiguos; de que durante más tiempo se hayan concentrado y acumulado con algún propósito. Entre un genio y su época existe una relación como entre lo fuerte y lo débil, también como entre lo viejo y lo joven; la época siempre es relativamente mucho más joven, floja, falta de madurez, falta de seguridad, infantil. Que prevalezca ahora en Francia una noción muy diferente sobre este asunto (también en Alemania, pero no importa); que allí la teoría del milieu, una verdadera teoría de neuróticos, haya llegado a ser sacrosanta y casi científica, aceptada hasta por los fisiólogos, "huele mal" e invita pensamientos melancólicos. Tampoco en Inglaterra se piensa sobre el particular; pero nadie se aflija. Al inglés le están abiertos tan sólo dos caminos: entendérselas con el genio y "gran hombre", ya sea democráticamente, al modo de Buckle, o religiosamente, al modo de Carlyle.

El peligro que entrañan los grandes hombres y las grandes épocas es extraordinario; les sigue de cerca el agotamiento en todo sentido, la esterilidad. El gran hombre es un final. El genio, en la obra, en la magna realización, es necesariamente un derrochador; el gastarse es su grandeza... El instinto de conservación está en él, en cierto modo, desconectado; la irresistible presión de las fuerzas desbordantes le impide todo cuidado y cautela de esta índole. Se le llama a esto "abnegación"; se ensalza el "heroísmo" de tal actitud, la indiferencia hacia el propio bienestar, la devoción por una idea, por una magna causa, por una patria; pero se trata, sin excepción, de malentendidos... El gran hombre rebosa, se desborda, se gasta sin reservas; fatalmente, involuntariamente, como es involuntario el desbordamiento de un río. Mas porque se debe mucho a tales expansiones se les ha desarrollado una especie de moral superior... Y bueno, es propio de la gratitud humana entender mal a sus bienhechores.

45

El criminal y lo que es afín. El criminal es el tipo del hombre fuerte bajo condiciones desfavorables, un hombre fuerte enfermo. Le falta la "selva", cierta naturaleza y forma de existencia más libres y peligrosas, donde esté justificado todo lo que es arma y armadura en el instinto del hombre fuerte. Sus virtudes están proscritas por la sociedad; sus impulsos más vivos no tardan en ligarse con los afectos depresivos, con el recelo, el miedo y el deshonor. Mas esto es casi la receta para la degeneración fisiológica. Quien hace subrepticiamente lo que mejor sabe hacer y que más le gustaría hacer, con sostenida tensión, cautela y astucia, se vuelve anémico, y como sus instintos siempre le valen tan sólo peligro, persecución y fatalidad, también su sentir se vuelve contra estos instintos los siente de manera fatalista. En la sociedad, nuestra sociedad mansa, mediocre y castrada, es donde el hombre natural, que viene de la montaña o de las aventuras del mar, degenera necesariamente en criminal... O casi necesariamente, pues casos hay en que tal hombre resulta ser más fuerte que la sociedad. El corso Napoleón es el más famoso de ellos. Respecto al problema que aquí se plantea, es importante el testimonio de Dostoievsky, el único sicólogo, dicho sea de paso, que tuvo algo que enseñarme, constituyendo una de las venturas más sublimes de mi vida, en mayor grado aún que el descubrimiento de Stendhal. Este hombre profundo, quien tuvo diez veces razón de despreciar a los alemanes superficiales, sintió a los presidiarios siberianos, con los que convivió durante largo tiempo, criminales sin excepción, para los cuales no había retorno posible al seno de la sociedad, a pesar de lo que Dostoievsky supusiera: tallados poco más o menos en la madera más dura y preciosa que crece en tierra rusa. Generalicemos el caso del criminal; imaginemos a hombres a los que por cualquier razón se niega la sanción pública y que saben que no se los tiene por útiles: ese sentimiento tshandala de saberse considerado no como un igual, sino como proscrito, indigno e impuro. Todos los pensamientos y actos de estos hombres ostentan el color de lo que vive bajo tierra; en ellos todo se torna más pálido que en aquellos cuya existencia está bañada en la luz del día. Mas casi todas las formas de existencia que hoy exaltamos el carácter científico, el artista, el genio, el espíritu libre, el actor, el mercader, el gran descubridor se desenvolvieron en un tiempo en esta especie de lobreguez sepulcral... Mientras el sacerdote era reputado el tipo más alto, todo tipo humano valioso estaba desvalorizado... Día llegará, lo prometo, en que se lo reputará el tipo más bajo, nuestro tshandala, el tipo humano más mendaz e indecente... Llamo la atención sobre el hecho de que todavía hoy, bajo el régimen de las costumbres más suaves que se ha dado jamás, por lo menos en Europa, todo aparte, todo debajo prolongado, excesivamente prolongado, toda forma de existencia insólita, opaca, aproxima a ese tipo que el criminal representa. Todos los innovadores del espíritu llevan durante un tiempo estampado en la frente el signo fatal y fatalista del tshandala; no porque se los sienta como tales, sino porque ellos mismos sienten el pavoroso abismo que los separa de todo lo tradicional y sancionado. Casi todos los genios conocen como una de sus evoluciones la "existencia catilinaria", un sentimiento de odio, venganza y rebeldía dirigido contra todo lo que ya es, en vez 'de devenir... Catilina; la forma de preexistencia de todo César.

46

Aquí la vista es libre. Puede ser riqueza de alma si un filósofo calla; puede ser amor si se contradice a sí mismo; cabe una cortesía mentirosa del cognoscente. No dejan de tener un sentido sutil estas palabras: el est indigne des grands coeurs de répandre le trouble, qu'ils ressentent; sólo cabe agregar que no temer ni a lo más indigno puede también ser grandeza del alma. La mujer que ama sacrifica su honor; el cognoscente que "ama" sacrifica acaso su humanidad; un dios que amó se hizo judío...

47

La belleza no es una casualidad. También la belleza de una raza o familia, su gracia y bondad en todos los ademanes, es producto del trabajo; es, como el genio, el resultado final del trabajo acumulado de generaciones. Hay que haber hecho grandes sacrificios en aras del buen gusto; hay que haber hecho y dejado de hacer mucho por él; el siglo xvii de Francia es admirable en lo uno y lo otro; hay que haber tenido en él un principio selectivo para las compañías, los lugares, la indumentaria y la satisfacción del instinto sexual; hay que haber preferido la belleza a la ventaja, a la costumbre, a la opinión y a la indolencia. Máxima suprema: no se debe "dejarse estar" ni aun ante sí mismo. Las cosas buenas son sobremanera costosas, y siempre rige la ley de que quien las tiene no es el que las ha adquirido. Todo lo bueno es herencia; lo que no está heredado es imperfecto, es comienzo... En Atenas, en los días de Cicerón, quien expresó su asombro ante el hecho, los hombres y los jóvenes aventajaban ampliamente a las mujeres en hermosura, y también ¡hay que ver el trabajo y esfuerzo al servicio de la hermosura que el sexo masculino se venía imponiendo allí desde hacía siglos! Pues cuidado con equivocarse en este punto sobre el método; una mera disciplina de los sentimientos y pensamientos es de efecto casi nulo (y aquí radica el grave malentendido de la ilustración alemana, que es totalmente ilusoria). Hay que persuadir previamente el cuerpo. El mantenimiento riguroso de ademanes grandes y selectos, la obligación de tener trato exclusivo con personas que no "se dejan estar", basta en un todo para llegar a ser grande y selecto; al cabo de dos o tres generaciones todo es ya segunda naturaleza. Es decisivo para el destino del pueblo y humanidad que la cultura arranque del punto justo, no del "alma" (como fue la fatal superchería de los sacerdotes y semisacerdotes); el punto justo es el cuerpo, el ademán, la dieta, la fisiología, lo demás sigue naturalmente... Los griegos continúan siendo, por esto, el acontecimiento cultural capital de la historia: sabían, hacían, lo que hacía falta; el cristianismo, que despreciaba el cuerpo, ha sido la más grande calamidad del género humano.

48

Progreso en mi sentido. Yo también hablo de "retorno a la Naturaleza", aun cuando bien mirado no se trata de un regreso, sino de una elevación. Hacia la alta, libre y aun pavorosa Naturaleza y naturalidad, cualquiera que juega, tiene derecho a jugar con grandes tareas... Para decirlo alegóricamente: Napoleón fue un "retorno a la Naturaleza", como yo lo entiendo (por ejemplo, in rebus tacticis, y en mayor grado aún, como lo saben los militares, en estrategia). Pero Rousseau, ¿adónde quiso retornar, en definitiva? Rousseau, este primer hombre moderno, idealista y canaille a un tiempo, que necesitaba de la dignidad moral para soportar su propio aspecto; enfermo de vanidad desenfrenada y de desprecio desenfrenado de sí mismo. También este engendro tendido en el umbral de los tiempos modernos quiso "retornar a la Naturaleza". ¿Adónde, repito la pregunta, quiso retornar Rousseau? Odio a Rousseau aun en la Revolución; ella es la expresión histórica mundial de esta dualidad de idealista y canaille. La farsa sangrienta que caracterizó esta Revolución, su "inmoralidad", poco me importa; lo que odio es su moralidad a lo Rousseau, las llamadas "verdades" de la Revolución, con las cuales ésta todavía impresiona y atrae todo lo superficial y mediocre. ¡La doctrina de la igualdad! ... No hay veneno más venenoso, pues parece predicada por la justicia misma, pero en realidad es el fin de la justicia... "La igualdad para los iguales, la desigualdad para los desiguales", tal sería el lenguaje justo de la justicia; amén de lo que se sigue de esto: "no hacer nunca igual lo que es desigual". Las circunstancias horribles y cruentas que rodearon esa doctrina de la igualdad han aureolado esta "idea moderna" por excelencia de una especie de nimbo y resplandor, de suerte que la Revolución como espectáculo ha seducido aun a los espíritus más nobles. Lo cual no es, en definitiva, una razón para tenerla en suficiente estima. Veo a un solo hombre que la sintió como debe ser sentida, con asco; este hombre fue Goethe...

49

Goethe no fue un acontecimiento alemán, sino un acontecimiento europeo: una grandiosa tentativa de superar al siglo XVIII por el retorno a la Naturaleza, por la elevación hacia la naturalidad del Renacimiento, una especie de autosuperación de parte de este siglo. Llevó en sí los instintos más fuertes del mismo la sensibilidad emocionada, la idolatría de la Naturaleza, lo antihistórico, lo idealista, lo antirrealista y revolucionario (lo último no es más que una forma de lo antirrealista). Se valió de la historia, las ciencias naturales, la antigüedad y también de Spinoza, sobre todo de la actividad práctica; se cercó con horizontes cerrados; no se desligó de la vida, sino que se situó dentro de ella; no se arredró y cargó con todo lo que podía, colocó por encima de sí todo lo que podía, absorbió todo lo que podía. Aspiró a la totalidad; combatió la separación de la razón, la sensualidad, el sentimiento y la voluntad (predicada con la más repelente escolástica por Kant, el antípoda de Goethe); a fuerza de disciplina hizo de sí un todo; se plasmó a sí mismo... En plena época de corrientes antirrealistas, Goethe fue un realista convencido decía sí a todo lo que en este punto acusaba afinidad con él; su experiencia más grande fue ese ens realissimum de nombre Napoleón. Concibió Goethe a un hombre fuerte, muy culto, diestro en todas las actividades físicas, dueño de sí mismo, reverente ante sí mismo, que tiene derecho a permitirse todo el volumen y riqueza de la naturalidad; que es lo suficientemente fuerte para disfrutar de libertad semejante; al hombre de la tolerancia, no por debilidad, sino por fuerza, porque sabe sacar provecho aun de aquello que significaría la ruina del hombre común; al hombre para el que ya no hay nada prohibido, como no sea la debilidad, se llame vicio o virtud... Tal espíritu libertado se sitúa dentro de los cosmos con un fatalismo sereno y confiado, poseído por la idea de que sólo lo particular es ruin y malo y que en el Todo se redimen y Afirman todas las cosas; ya no niega... Mas tal fe es la más elevada) que pueda concebirse; la he bautizado con el nombre de Dionisos.

50

Pudiera decirse que en cierto sentido el siglo XIX también ha aspirado a todo aquello a que aspiró Goethe como persona: a la universalidad en la comprensión, en la afirmación; al estar abierto a todas las cosas; a un realismo audaz, y al respeto reverente por todo lo existente. ¿Cómo el resultado total no es, a pesar de ello, un Goethe, sino el caos, la lamentación nihilista, un desconcierto extremo, un instinto del cansancio que en la práctica impulsa constantemente a retornar al siglo XVIII (por ejemplo, como romanticismo sensiblero, como altruismo e hipersentimentalismo, como afeminación en el gusto, como socialismo en la política). ¿No es el siglo xix, sobre todo en sus postrimerías, mero siglo xviii robustecido, vulgarizado; esto es, un siglo de décadence? ¿De modo que Goethe sería para Alemania y para Europa apenas un incidente, un hermoso en vano? Pero a los grandes hombres se los entiende mal si se los enfoca bajo el ángulo mezquino de la utilidad pública. Que no se sepa sacar provecho de ellos acaso sea propiedad esencial de la grandeza...

51

Goethe es el último alemán que me inspira veneración; él hubiera sentido tres cosas que yo siento; también estamos de acuerdo sobre la "Cruz"... Se me pregunta por qué escribo en alemán, toda vez que en ninguna parte me leen tan mal como en mi patria. Pero ¿quién sabe, en definitiva, si yo deseo ser leído hoy día? Crear cosas en las que el tiempo trate de hincar el diente; aspirar en la forma, en la sustancia, a una pequeña inmortalidad, nunca he sido bastante modesto para exigirme menos. El aforismo y la sentencia (yo soy el primer alemán que es maestro en este dominio) son las formas de la "eternidad"; ambiciono decir en diez frases lo que otro cualquiera dice en un libro, lo que otro cualquiera no dice en un libro...

Yo he dado a la humanidad el libro más profundo que posee: mi Zaratustra; dentro de poco le daré el más independiente.

1

Para terminar, quiero decir algunas palabras sobre ese mundo al que he buscado accesos y al que he encontrado tal vez un acceso nuevo: el mundo antiguo. También aquí mi gusto, que es acaso lo contrario de un gusto transigente, está lejos de decir sí abiertamente; en un plan general, no le agrada decir sí, le agrada más decir no, de preferencia no dice nada... Reza esto para culturas enteras, para los libros antiguos que cuentan en mi vida y los más famosos no figuran entre ellos. Mi sentido del estilo, del epigrama como estilo, se despertó casi instantáneamente al contacto con Salustio. No he olvidado el estupor de mi venerado maestro Corssen al tener que dar al peor alumno de su clase de latín la mejor nota; llegué de golpe a la meta. Prieto, severo, con la máxima cantidad de sustancia en el fondo y una fría malicia hacia la "palabra sonora", también hacia el "sentimiento sublime"; en esto me adiviné a mí mismo. Se reconocerá en mis escritos, hasta en el Zaratustra, una ambición muy seria de estilo romano, del "aereperennius" en el estilo. Lo mismo me pasó al primer contacto con Horacio. Hasta el día presente ningún poeta me ha deparado ese arrobo artístico que me brindaron las odas horacianas. Lenguas hay en que no puede ni siquiera aspirarse a lo que aquí está alcanzado. Este mosaico de palabras, donde cada palabra, como sonido, lugar y concepto, se desborda irradiando hacia la derecha y la izquierda y por sobre el todo su fuerza; este minimum en volumen y número de los signos; este maximum en energía de los signos así logrado todo esto es romano y, si se quiere darme crédito, aristocrática por excelencia. Frente a esto, toda la demás poesía aparece como algo demasiado popular como mera locuacidad lírica...

2

A los griegos no les debo en absoluto impresiones fuertes similares, y para decirlo sin ambajes, no pueden ser para nosotros lo que son para nosotros los romanos. No se aprende de los griegos; su modo de ser es demasiado extraño, también demasiado fluido, como para presentarse como imperativo, "clasicismo". ¡Quién ha aprendido jamás a escribir de un autor griego! ¡Quién lo ha aprendido jamás sin los romanos! ... No se recurra a Platón en contra de mi aserto. Considero a Platón con profundo escepticismo y nunca he sido capaz de compartir la admiración por el artista Platón, tan generalizada entre los eruditos. En última instancia, los más refinados jueces del gusto de la antigüedad misma están de mi parte en esta cuestión. Entiendo que Platón mezcla todas las formas del estilo; es así un primer décadent del estilo. Tiene sobre la conciencia algo parecido a lo que tienen los cínicos, que inventaron la satura Menippea. El diálogo platónico, esta forma terriblemente vanidosa e infantil de la dialéctica, sólo puede encantar a quien nunca ha leído a buenos autores franceses, como Fontenelle. Platón es aburrido. En último análisis, mi recelo hacia Platón tiene raíces profundas. Lo encuentro tan desviado de todos los instintos fundamentales de los helenos, tan moralizado, tan preexistente cristiano, ya el concepto del "bien" es su concepto supremo, que ante todo el fenómeno "Platón" me inclino por emplear el término duro "embuste superior" o, si se prefiere, "idealismo". Se ha pagado muy caro el que este ateniense buscara inspiración en los egipcios (¿o en los judíos residentes en Egipto?...). Dentro de la gran fatalidad del cristianismo, Platón es esa ambigüedad y seducción llamada "ideal" que permitió a los espíritus nobles de la antigüedad entenderse mal a sí mismos y cruzar el puente que conducía a la "cruz"... ¡ Y cuánto Platón hay todavía en el concepto "Iglesia", en la estructura, el sistema y la práctica de la Iglesia! Mi solaz y preferencia, mi remedio contra todo platonismo, ha sido en todo tiempo Tucídides. Éste, y acaso el Príncipe de Maquiavelo, me son particularmente afines por la determinación incondicional de no engañarse a sí mismos y ver la razón en la realidad, no en la "razón" y menos en la "moral"... De la deplorable idealización de los griegos que el joven instruido en las humanidades clásicas se lleva a la vida, como fruto del adiestramiento a que se sometió en el colegio, nada cura tan radicalmente como Tucídides. Hay que saborearlo línea por línea y leer sus pensamientos secretos tan distintamente como sus palabras. Pocos pensadores hay tan pródigos en pensamientos secretos. En él halla su expresión cabal la cultura de los sofistas, vale decir, la cultura de los realistas: ese movimiento inestimable en medio del embuste moralista e idealista que empezaban a difundir a la sazón las escuelas socráticas. La filosofía griega, como la décadence, del instinto griego; Tucídides, como la gran suma, la última revelación de esa facticidad recia, severa y dura que caracterizaba el instinto de los helenos de los primeros tiempos. En definitiva, es la valentía ante la realidad la que diferencia a hombres como Tucídides y Platón; Platón es un cobarde ante la realidad, por ende se refugia en el ideal. Tucídides es dueño de sí mismo, por lo mismo dueño también de las cosas...

3

Barruntar en los griegos "almas sublimes", "justos medios" y otras perfecciones; admirar en ellos acaso la serenidad en la grandeza, la mentalidad idealista y la sublime ingenuidad... Contra esta "sublime ingenuidad", que en definitiva es una niaiserie allemande, me ha prevenido el sicólogo que yo llevo dentro. Vi su instinto más poderoso, la voluntad de poder; los vi estremecerse bajo el embate arrollador de este impulso; vi todas sus instituciones surgir de medidas preventivas, con miras a ponerse en la convivencia a buen recaudo de la dinamita de que estaban cargados. La tremenda tensión interior se descargaba entonces en terrible y despiadada enemistad hacia fuera; las ciudades se despedazaban unas con otras, para que en cada una de ellas los vecinos convivieran en paz. Era necesario ser fuerte, pues el peligro acechaba cerca, en todas partes. La magnífica agilidad física, el realismo intrépido y la inmoralidad audaz propios del heleno eran apremio, no "naturaleza". Estos rasgos se desarrollaron, no se dieron desde un principio. Y con las fiestas y las artes tampoco se perseguía otro propósito que el de sentirse arriba y mostrarse arriba; se trataba de medios de glorificarse a sí mismos, eventualmente de atemorizar... ¡Qué estupidez la de juzgar a los griegos al modo alemán por sus filósofos, de tomar acaso la estrechez y gazmoñería de las escuelas socráticas como revelación de la esencia helena! ... ¡Si los filósofos son los décadents del helenismo, el contramovimiento dirigido contra el antiguo gusto aristocrático (contra el instinto agonal, contra la polis, centra el valor de la raza, contra la autoridad de las "tradiciones)! Predicábanse las virtudes socráticas porque los griegos las habían perdido; irritables, temerosos, veleidosos, comediantes todos ellos, les sobraban algunas razones para oír la prédica moral. La prédica ciertamente no sería para nada; pero ¡son tan dados los décadents a las palabras y actitudes altisonantes! ...

4

Yo he sido el primero en tomar en serio, para la comprensión del instinto heleno de los primeros tiempos, aún rico y hasta pletórico, ese fenómeno maravilloso que lleva el nombre de Dionisos; fenómeno que sólo puede ser explicado por un excedente de fuerza. Quien ahonda en el estudio de los griegos, como ese conocedor más profundo de su cultura, Jakob Burckhardt, de Basilea, se percata al momento de la significación de mi actitud. Insertó Burckhardt en su Cultura de los griegos un capítulo dedicado expresamente a dicho fenómeno. Para conocer la antítesis del mismo no hay más que considerar la pobreza casi hilarante de los instintos de qué dan prueba los filólogos alemanes en cuanto se asoman a lo dionisíaco. Sobre todo el famoso Lobeck, que con el digno aplomo de un gusano secado entre libracos se introdujo en este mundo de estados misteriosos tratando de creer que así era científico, cuando en realidad era superficial y pueril en un grado que da asco. Lobeck ha dado a entender, en un máximo despliegue de erudición, que todas estas curiosidades en el fondo no significaban gran cosa. De hecho, los sacerdotes comunicarían a los participantes de tales orgías algunos datos nada fútiles; por ejemplo, que el vino excitaba la voluptuosidad; que el hombre se alimentaba eventualmente de frutos; que las plantas florecían en la primavera y se marchitaban en otoño. En cuanto a la desconcertante riqueza en ritos, símbolos y mitos de origen orgiástico que literalmente cubre el mundo antiguo, es para Lobeck motivo para aumentar un poquito su ingenio. "Los griegos escribe en Aglaofames I, 672 cuando no tenían otra cosa que hacer reían, correteaban y se lanzaban por ahí, o bien, ya que el hombre a veces también siente estas ganas, se sentaban y prorrumpían en llanto y lamento. Luego otros se les acercaban y buscaban algún motivo que explicara tan rara conducta; así se desarrollaron como explicación de esas costumbres innumerables leyendas y mitos. Por otra parte, se creía que ese comportamiento gracioso que se registraba en los días de fiesta era un rasgo esencial de las fiestas, y así lo preservaban como parte imprescindible del culto." Esto es un solemne disparate; no se tomará en serio a Lobeck ni por un instante. Con muy otra disposición examinamos el concepto "griego" que se han formado Winckelmann y Goethe, y lo encontramos incompatible con ese elemento del que surge el arte dionisíaco : con el orgiástico. En efecto, no dudo de que Goethe hubiera negado de plano que algo semejante cupiese dentro de las posibilidades del alma griega. Quiere decir que Goethe no comprendió a los griegos. Pues sólo en los misterios dionisíacos, en la sicología del estado dionisíaco, se expresa el hecho fundamental del instinto heleno: su "voluntad de vida". ¿Qué se garantizaba el heleno con estos misterios? La vida eterna, el eterno retorno a la vida; el futuro prometido y consagrado en el pasado; el triunfante sí a la vida más allá de la muerte y mutación; la vida verdadera como pervivencia total, por la procreación, por los misterios de la sexualidad. De ahí que para los griegos el símbolo sexual fuera el símbolo venerable en sí, la profundidad propiamente dicha en toda la piedad antigua. Todo pormenor relativo al acto de la procreación, al embarazo y al parto suscitaba los sentimientos más elevados y solemnes. En la doctrina de los misterios está santificado el dolor: los "dolores de la parturienta" santifican el dolor en sí; todo nacer y crecer, todo lo que garantiza el futuro, determina el dolor... Para que haya eterno goce de la creación, para que la voluntad de vida eternamente se afirme a sí misma, debe haber también eternamente por fuerza la "agonía de la parturienta"... Todo esto encierra la significación de la palabra "Dionisos"; yo no conozco simbolismo más elevado que este simbolismo griego, el de las dionisas. En él, el instinto más profundo de la vida, el del futuro de la vida, de la eternidad de la vida, está sentido religiosamente, y el camino mismo a la vida, la procreación, como el camino santo... Sólo el cristianismo, con su resentimiento fundamental dirigido contra la vida, ha hecho de la sexualidad algo impuro: ha enlodado el principio, la premisa de nuestra vida...

5

La sicología de lo orgiástico, como de un sentimiento pletórico de vitalidad y fuerza dentro del cual aún el dolor obra como estimulante, me ha ofrecido la clave del concepto del sentimiento trágico, que tanto Aristóteles como, en particular, nuestros pesimistas, han entendido mal. La tragedia, lejos de corroborar el pesimismo de los helenos en el sentido de Schopenhauer, ha de ser considerada como rotunda refutación y antítesis del mismo. El decir sí a la vida, aun en sus problemas más extraños y penosos, la voluntad de vida gozando con la propia inagotabilidad en el sacrificio de sus tipos más elevados: a esto es a lo que he llamado dionisíaco, lo que he adivinado como clave de la sicología del poeta trágico. No para librarse de terror y de la compasión, no para purgarse de un peligroso afecto por la descarga violenta del mismo, como creyó Aristóteles, sino para ser personalmente, más allá de terror y compasión, el goce eterno del devenir, ese goce que comprende aun el goce del destruir... Y así llego de vuelta al punto del que en un tiempo partí: El origen de la tragedia que fue mi primera transmutación de todos los valores. Así me reintegro al suelo del que brota mi querer y mi poder yo, el último discípulo del filósofo Dionisos, yo, el pregonero del eterno retorno...

HABLA EL MARTILLO

«"¿Por qué tan duro? dijo cierta vez el carbón al diamante; ¿acaso no somos parientes cercanos?"

¿Por qué tan blandos, hermanos? os pregunto yo a vosotros; ¿acaso no sois mis hermanos?

¿Por qué tan blandos y acomodaticios? ¿Por qué hay tanta negación y retractación en vuestro corazón? ¿Por qué igualmente tan poca fatalidad en vuestro mirar?

Y si no estáis dispuestos a ser fatales e inexorables, ¿cómo podríais un día triunfar conmigo?

Y si vuestra dureza no quiere fulminar y cortar y deshacer, ¿cómo podríais un día crear conmigo? Pues todos los creadores son duros. Y os ha de parecer goce inefable poner vuestra mano encima de milenios como si fuesen cera.

Inscribir en la voluntad de milenios cual en bronce; más duros y más nobles que el bronce. Sólo lo más noble es de máxima dureza.

¡Volveos duros! He aquí la nueva tabla, hermanos, que coloco por encima de vosotros.»

FIN DE "CÓMO SE FILOSOFA A MARTILLAZOS"